LETTRES ALLEMANDES
série dirigée par Martina Wachendorff

LA NUIT DE L'ILLUSIONNISTE

DU MÊME AUTEUR

MOI ET KAMINSKI, Actes Sud, 2004.
LES ARPENTEURS DU MONDE, Actes Sud, 2006 ; Babel n° 940, 2009.
GLOIRE, Actes Sud, 2009 ; Babel n° 1008, 2010.

La présente traduction est basée sur une version du texte qui a été revue et abrégée par l'auteur.

Titre original :
Beerholms Vorstellung
Editeur original :

ISBN 978-2-7427-8934-4

DANIEL KEHLMANN

La Nuit de l'illusionniste

roman traduit de l'allemand
par Juliette Aubert

ACTES SUD

Un tel jeu exige de la réflexion. Croire un prestidigitateur est un signe de bêtise. Tout autant que l'incrédulité pure et simple, qu'il sait utiliser et retourner contre toi. C'est pourquoi tu retiendras ceci : se méfier de lui, c'est la sagesse des sots. Mais douter de sa propre méfiance, c'est la sottise des sages. Car la confusion en résulte dans les deux cas. Quel que soit le chemin que tu empruntes : c'est le prestidigitateur qui gagnera.

GIOVANNI DI VINCENTIO,
De l'art de l'illusion.

La magie donques, embrassant toute la philosophie, physique et mathématique, y mêle aussi la religion.

AGRIPPA VON NETTESHEIM,
De la vanité des sciences.

I

Combien étrange notre passion pour les points de vue élevés ! Le moindre paysage ressemblant à un jeu de construction usé gagne en intérêt vu d'en haut. Là où il y a une colline, les gens se ruent à son sommet. Et si quelqu'un exige un droit d'entrée, ils paient.

C'est pourquoi les tours existent. Et, en haut des tours, les terrasses panoramiques. Et sur les terrasses, des tables et des chaises, du café, des sandwichs et des gâteaux hors de prix. Pourtant les gens viennent. Il suffit de regarder autour de soi : toutes les tables occupées, des hommes et des femmes, rondelets ou maigrichons, et parmi eux des enfants, beaucoup, beaucoup trop d'enfants. Quel vacarme ! Mais on s'y habitue. Et vois comme le ciel bleu sombre paraît proche. Autour du soleil, il se recolore d'un blanc irréel. En dessous, la ville. Veinée de rues bondées de voitures, telles des fourmis phosphorescentes. Elle s'élève par endroits en tours étincelantes. Entre elles, une profusion de cubes, certains ternes et d'autres d'un éclat singulier. Mais la ville ne s'étend pas pour autant. Son horizon est déjà cerné de collines vert clair ; aujourd'hui la vue ne porte pas très loin, il va sans doute pleuvoir. Il faut que je me dépêche.

Commençons donc. Où ? De préférence là où tout commence. Puis, pas à pas, nous suivrons le cours du temps. Sans explications ! Si j'en avais, je ne serais pas ici, et si je savais quoi que ce soit, je ne ferais pas ce que je m'apprête à faire. J'ignore encore combien de temps tout cela va durer mais un jour, et même bientôt, cela aussi sera fini.

Au début, des couleurs et rien d'autre. De l'orange surtout, un vert dilué, un bleu clair, très clair. Et sur le sol, un blanc pur et éclatant. Plus propre que de la neige fraîche ou des rideaux neufs, une teinte totalement immatérielle. Je sais : on prétend que les nourrissons ne perçoivent pas les couleurs. Ma foi, c'est bien possible ! La couleur est sans doute une illusion d'optique de ma mémoire ou un retour en rêve à des stades révolus et à peine réels, antérieurs à cette existence, à toute existence.

Et ensuite ? Ensuite, plus rien pendant longtemps. Dans mes plus anciens souvenirs ne figure pas de mère, ni aucun être humain. Chaque image des premières pages pâlissantes de ma mémoire ne montre que moi, toujours moi. Ou, plus exactement, elle ne me montre même pas moi ; mais toutes les choses reçoivent l'ombre de ma présence, elles me regardent, elles existent à travers moi, pour moi. L'herbe, le ciel, le gai plafond de ma chambre, tacheté d'ombres. Comme s'il y avait eu une époque où j'étais seul sur terre.

Puis c'est une serviette éponge jaune chauffée par le soleil et posée sur une pelouse verte qui sent bon la lumière. Des personnes, quelles qu'elles soient, doivent sûrement se trouver à proximité, mais je n'en ai pas gardé la mémoire. Rien que la serviette, le gazon et l'air. De nouveau le plafond de ma chambre, jaune lui aussi, mais virant lentement au gris. Je suis couché dans mon lit – la taie d'oreiller arbore un clown au nez rouge et au sourire crispé qui est censé plaire aux enfants mais qui me fait peur –, et j'observe derrière la fenêtre les ténèbres qui s'écoulent goutte à goutte du ciel. Un mince filet de lumière sous la fente de la porte évoque cependant la sécurité, la protection. Bien sûr, cette lumière suppose l'existence d'autrui, mais ma confiance semble reposer davantage sur la lumière elle-même, sa présence et son intensité. La lumière – le soleil. Cette gigantesque boule de feu ; si on la regarde et qu'ensuite on ferme les yeux, elle continue de rougeoyer dans l'obscurité, et il faut du temps pour que s'éteignent ses dernières petites flammes. J'ai dû la fixer longtemps, beaucoup trop longtemps. Elle a toujours été là, ne fût-ce que comme une lueur sous la porte.

Plus tard je vois un ver, long et rougeâtre, dans la terre brune sous de grosses fleurs multicolores. Je le ramasse, l'examine tandis qu'il rampe sur ma paume, puis, avec un intérêt étrangement dénué de pitié, je le saisis par ses extrémités et le déchire en deux. Je le lâche, les deux moitiés tombent par terre et – continuent de ramper, elles tressaillent, se tortillent, avancent, deux êtres indépendants qui ne se connaissent pas et n'ont rien à faire ensemble. Je ressens aujourd'hui encore ma frayeur, la froide décharge électrique et les fourmillements sur ma peau. Non pas une terreur face à la mort mais, au contraire, face à la vie. Cette vie absurde et grossière qui peut se scinder en deux, se réassembler et se rediviser, formant à partir de la boue des créatures sans membres. Cette vie multiforme, rampante, grouillante et proche du sol, dans l'ombre et l'humidité. Cette vie encore anarchique et fermée à l'intelligence. C'est la vie, et non la mort, qui heurte le plus la raison ; et rien en ce monde n'est plus terrifiant que la vie, la vie dans sa vérité, la vie sans fin.

J'ai d'autres souvenirs mais ils contredisent toute logique. Je me revois perdu dans une forêt, entouré par des troncs noirs d'une hauteur infinie et je me sens courir, courir, trébucher, courir vers une prairie mouchetée par le clair de lune ; qui est à mes trousses ? Je me vois en train de tomber, encore et encore, sur des arêtes rocheuses, des rampes d'escaliers, dans des abîmes d'ombre ou de lumière ; il y a sans cesse quelque chose qui se dérobe sous moi ou se révèle fragile, la terre ferme bascule et m'abandonne subitement à l'air libre, à la profondeur qui se réduit à toute vitesse, au sol qui fonce vers moi. Puis à nouveau des insectes, le soleil, mais cette fois flamboyant de couleurs inquiétantes. Tout cela n'a pas pu se produire, du moins pas dans la partie de ma vie exposée à la clarté et à la raison. Cela appartient à la face nocturne, au monde des rêves qui prolifère autour de mon existence, de toute existence.

Et quand tout cela a-t-il pris fin ? Le hasard veut que je le sache précisément. J'étais assis sur le tapis et je contemplais l'une de ces boîtes de jeux éducatifs avec des trous en forme d'étoile, de cercle, de triangle et de carré dans lesquels on peut glisser des éléments géométriques. L'enjeu consiste à découvrir qu'un élément donné ne peut venir s'encastrer que dans le trou ayant les mêmes contours que lui. Bon, je pris un cercle et tentai de l'introduire dans le trou carré ; ça n'allait pas ; j'essayai le trou triangulaire ; ça n'allait pas ; j'essayai le trou rond… ça allait. Je pris ensuite un triangle, le regardai, regardai les trous, et de nouveau le triangle. Soudain, tout a changé. J'ai vu, j'ai senti, j'ai compris – j'ai su alors qu'il existait un ordre qui attribuait à chaque objet bigarré une place et une forme, et que quelque part, dans une contrée inaccessible, vivaient un cercle, un triangle et un carré. Même s'il y avait ici et là et un peu partout des cercles, il n'existait qu'un cercle unique, qu'un seul véritable cercle. Me voilà donc, petit platonicien de deux ans, assis là sur le tapis en me frottant les yeux. Une souriante figurine en bois aux membres articulés ainsi qu'un petit éléphant dodu en peluche gisant à mes côtés me dévisageaient, avides de jouer avec moi. Mais je n'en avais dès lors aucune envie. Après cela, je n'ai plus jamais touché à la boîte, bien sûr que non. J'avais percé son secret, elle m'ennuyait désormais. Elle disparut bientôt au fond d'une caisse, dans une quelconque cave poussiéreuse. Cependant je lui dois beaucoup. Non qu'il se soit produit un changement immédiat ; mais je crois aujourd'hui que, au cours de cet après-midi-là, je suis devenu un être humain. C'est cela, et non je ne sais quel moment sanglant, rempli de cris, de souffrances et d'horreur, qui marqua l'instant de ma naissance.

Je suis venu au monde il n'y a pas tout à fait trente ans, dans une ville de taille moyenne et passablement laide. (Voilà qui est déjà assez déplaisant, mais elle vient en outre de me nommer citoyen d'honneur.) Bref, je suis né d'une mère mais sans père.

Il y a deux ou trois ans, j'ai entrepris sans grande conviction quelques recherches, par simple curiosité, et non poussé par une exigence profonde, une violente souffrance psychologique ou autres inepties du même genre. “Tu dois bien, me disait-on sans cesse, avoir envie de savoir d'où tu viens !” A quoi je n'ai jamais trouvé rien de mieux à répondre que : “Pourquoi ?” On prétend certes que notre origine détermine toute notre vie. Je tiens cela pour une sorte de mysticisme fumeux qui tente d'enchaîner l'homme à la terre brune, à son sang, à cette association de cellules grégaires qui composent son misérable corps. Quoi qu'il en soit, voici ce que j'ai découvert :

Ma mère était très jeune, beaucoup plus jeune que tu ne l'es maintenant. Une jeune fille issue, comme on dit, d'un milieu modeste. Je suis né, j'arrivais mal à propos, j'ai été donné en adoption – au milieu de tragédies dont le sommeil m'a fort heureusement préservé –, et la brave famille Beerholm m'a recueilli. Je n'ai jamais vu ma mère ; je n'en ai jamais éprouvé le besoin. J'aurais pu lui rendre visite – un détective m'avait procuré son adresse – et, au fond, je pourrais encore le faire. Mais à quoi bon ? Je suis adulte, nous ne nous connaissons pas. Elle se sentirait obligée de pleurer, moi aussi peut-être, et au bout du compte ce serait affreusement embarrassant pour nous deux. Bien sûr, je pourrais lui poser des questions au sujet de mon père… Mais de fait il n'existe pas. L'acte de naissance n'en mentionne aucun, personne n'en a entendu parler, et même le détective se révéla incapable d'en dégoter un. Ma mère me dirait sans doute de qui il s'agit. Mais la vie est si experte à convertir ses surprises en désillusions ! Je pourrais me trouver devant un cheminot sénile, un conseiller de justice, un général d'artillerie. Non, je me suis fait à l'idée de ne pas avoir de père. Et cette idée me plaît. Elle ouvre un champ de possibilités lumineuses comme ce rêve qu'enfant je peuplais de héros, de rois et d'astronautes. Et plus tard, j'aimais l'imaginer vide. C'est une bonne chose que d'être sans ascendants.

Et quand ai-je appris qu'ils m'avaient adopté ? Tôt, très tôt. Il n'y a pas eu de révélations tardives, de moment d'effroi, d'illusions qui s'effondrent. A vrai dire, je l'ai toujours su. Et cela m'était égal.

Ella Beerholm, que j'ai bien dû appeler "maman" quand j'ai commencé à parler, était une femme forte au visage rond et ridé et aux cheveux courts. Jadis, je le sais par des photographies, elle avait presque été belle. Les souvenirs que j'ai d'elle sont les plus lumineux, les plus chaleureux et les plus sereins que je possède. Elle disparut tôt de ma vie, de la vie tout court et ainsi s'acheva l'époque où pour moi tout était en ordre. Les oiseaux dans le ciel, les gens dans la rue, les arbres à l'horizon et la pluie l'après-midi, chaque chose était à sa place, illuminée par sa présence. Il m'est difficile de décrire Ella avec des mots ; cette tentative m'oblige à reconnaître avec accablement que très peu de choses d'elle, terriblement peu, me sont restées en mémoire. Ses yeux bien sûr, sa voix. Et tout de suite après son manteau de fourrure, épais, comme fait pour y enfouir son visage, et répandant une odeur singulière de naphtaline, la fragrance de la sécurité. C'est revêtue de ce manteau qu'elle venait tous les jours me chercher dans cet endroit respirant le vacarme et la méchanceté qu'était le jardin d'enfants. C'était l'horreur absolue, chaque jour renouvelée. Un petit garçon – déjà à l'époque, il me semblait petit – me bombardait de boules au chocolat qu'il apportait de chez lui, où elles étaient confectionnées spécialement pour l'occasion par sa maman. Un autre était assis par terre et mangeait des cailloux. Des dizaines. Tous les jours. Je ne sais pas comment il a survécu. Un troisième essayait de casser les vitres à coups de pelle en acier. Le tout sous la surveillance d'une jeune fille de dix-neuf ans surmenée, qui hurlait et me paraissait à l'époque particulièrement vieille et stupide. C'était l'enfer. Cela représentait le degré suprême du désordre, de l'arbitraire et de l'insécurité, et jamais je ne compris pourquoi Ella me livrait chaque jour à tout cela. Mais quelle bénédiction lorsqu'elle descendait sur terre pour venir me chercher.

J'eus une rougeole de courte durée. Est-il besoin de dire que c'est Ella qui me guérit, m'apprit à faire du vélo, me consola quand je me cassai le bras, et que c'est elle – mais j'en resterai là – qui me racontait des histoires avant que je m'endorme ? C'est d'ailleurs son mari qui s'en chargea une fois qu'elle eut quitté cette ronde étoile bleue comme la mer. J'avais alors sept ans.

La mort soudaine d'Ella survint dans des circonstances où la fatalité, l'absurdité et les statistiques convergent de façon particulièrement déplaisante. Ella Beerholm, la femme que j'ai un jour dû appeler "maman", fut foudroyée au cours d'une agréable journée de printemps. Je sais à quel point le risque que cela arrive à quelqu'un est minime. (En ce qui me concerne, il serait plus probable que je sois tué par une balle de pistolet ou la chute d'une brique, si je n'avais pas le privilège de savoir avec précision, sans recours au moindre calcul, quand et comment je vais mourir.) Je sais aussi que chaque année, partout dans le monde, un certain nombre de gens connaissent cette mort à la fois sublime et dérisoire ; le malheur de la pauvre Ella fut de tomber dans cette catégorie sans raison et sans avoir commis aucune faute, car les mathématiques sont aveugles. Ainsi raisonne-t-on dans le froid domaine des nombres et, comme toujours, cette vue a quelque chose de rassurant. Il en va tout autrement dans une vision théologique : Ella était un être paisible, utile et bon, la servante du Seigneur. Mais le Ciel a choisi la méthode la plus brutale et la plus spectaculaire pour brûler son cœur et transpercer son cerveau, pour la projeter hors du monde.

C'était vraiment une belle journée, le ciel formait un vaste dôme bleu, tacheté ici et là de nuages chatoyants. Des oiseaux y volaient en rond, des abeilles bourdonnaient, quelques arbres étaient couverts de fleurs. Un grondement lointain annonça un orage, Ella l'entendit et sortit dans le jardin pour ramasser le linge en train de sécher. Ramasser du linge – existe-t-il une activité moins appropriée pour mourir ? Ella s'avança sur la pelouse, fit un pas, encore un, une libellule vrombissante la frôla, encore un. Puis elle s'arrêta, tendit les mains et enleva de la corde à linge une serviette fraîchement lavée (peut-être même la serviette jaune, ma serviette, qui sait ; le destin adore les symétries absurdes) – et c'est là que c'est arrivé. En termes scientifiques, un phénomène atmosphérique engendra des différences de potentiel entre la charge des couches d'air élevées et celle de la terre brune et profonde sous les pieds d'Ella. Un champ électrique se créa, la présence immatérielle d'une force, d'une éventualité silencieuse, une brusque transformation du néant en quelque chose, de l'esprit en force agissante – tout notre cosmos, suppose-t-on, pourrait provenir d'un champ comme celui-là. Peut-être a-t-elle eu le temps de le sentir, tel un frémissement dans ses cheveux, un courant d'air effleurant son corps ou une angoisse lancinante au plus profond d'elle-même. Mais il était trop tard. En quelques secondes la tension devint énorme, le désir naissant entre le ciel et la terre s'amplifia sans mesure et désormais plus rien, ni plusieurs kilomètres cubes d'air isolant ni le pauvre corps d'Ella, ne pouvait empêcher la décharge de l'énergie. Une colonne de lumière limpide jaillit du sol, un arbre de pure beauté incandescente se ramifia, grandit, s'étendit sur des centaines de mètres dans l'air immobile, se figea un instant infiniment court – durant lequel les anges retinrent leur souffle et le temps vibra – puis il s'éteignit. Alors des tonnes d'air s'engouffrèrent dans le mince intervalle de vide et le tonnerre roula sur la terre, brisa une fenêtre, secoua un arbre et fit crier un enfant. Ensuite ce fut le silence. La tension était rééquilibrée, l'air purifié. Une libellule s'envola, soulagée, elle se sentait mieux. Une tiède pluie de printemps se mit à tomber, douce et rafraîchissante, cette pluie que l'on attend avec impatience pendant les longs mois d'hiver. Et Ella était allongée sur la pelouse. Sous son corps, l'herbe était desséchée comme après une longue période de sécheresse. Quelques-uns de ses organes, on le constata par la suite, avaient littéralement fondu et une partie de son affectueux visage avait été ravagé par le feu.

A partir de là, Beerholm et moi nous sommes retrouvés seuls. Il avait déjà plus de soixante ans à l'époque et n'était pas particulièrement apte à élever un enfant. Un monsieur élégant à la chevelure blanche, avec de grandes poches sous les yeux et des costumes gris assortis à sa moustache. Je n'ai jamais compris quel était au juste son métier. La plupart du temps, il était assis à un bureau, des monceaux de papier devant lui, il tournait des pages, prenait des notes et murmurait dans son coin. Puis il donnait des instructions avec un combiné téléphonique. Je n'ai jamais su avec qui il parlait. Je me figurais qu'il existait quelque part d'immenses immeubles de bureaux remplis de gens assis à de longues tables, n'attendant que ses ordres pour se déployer à l'extérieur et accomplir de grandes choses. Et c'est sans doute ainsi que cela se passait.

Le matin j'étais à l'école, je rentrais à la maison vers une heure et je recevais de la gouvernante – non pas une femme âgée adorant les enfants, comme le voudrait le cliché, mais une jeune et jolie fille qui ne pouvait pas me souffrir – un repas réchauffé. Ensuite je faisais mes devoirs et après j'étais libre. Il y avait un grand jardin regorgeant de buissons ; je me faufilais dans l'herbe et, à travers les fleurs, je contemplais les petites bêtes et le ciel, j'étais saisi de joie et d'effroi, je parlais avec le nain de jardin à favoris et je m'imaginais des choses étranges.

C'est curieux comme cette époque fut assombrie par la peur. Le gazon comportait une tache brune ; Beerholm la fit ratisser, scarifier, parsemer d'engrais en flocons blancs – en pure perte. Je fuyais cet endroit, je faisais des détours pour l'éviter et, la nuit venue, je le regardais fixement depuis la fenêtre qui s'embuait devant mes yeux. Mais ce n'était pas tout. On rêve souvent de pouvoir revivre l'époque où l'on avait encore de l'imagination, où l'on savait jouer et croyait aux contes de fées et aux divinités – mais toutes ces niaiseries mises à part : chacun de nous aurait-il donc oublié l'autre versant ? La terreur tapie dans le moindre recoin sombre, les créatures aux bras innombrables qui, de loin, arrêtent leurs regards sur toi, le mal absolu qui guette à visage découvert le moment où l'interrupteur de la cave tombe en panne ? Le monde qui entoure un enfant n'est pas encore solidement tissé, il s'effiloche sur les bords, on aperçoit encore des trous, des zones perméables et de petits défauts dans la trame. Jamais je n'ai ressenti de façon aussi intense l'épouvante qui bruisse dans le silence absolu et scintille dans les interstices entre les meubles que durant les nuits d'insomnie de mon enfance, lorsque j'allumais la lumière. De toute ma vie, je n'ai plus vécu de cauchemars d'une horreur aussi irradiante, de tels paroxysmes de peur.

Le désert, dans ses zones les plus chaudes, a vu naître des animaux qui doivent économiser leurs forces au point de ne se déplacer que si c'est indispensable et encore le font-ils lentement, très lentement. Beerholm leur ressemblait sur ce point. Il ne levait les yeux que s'il y avait quelque chose à voir, ne saisissait un objet que s'il en avait absolument besoin, ne parlait que si une chose devait vraiment être dite. La parcimonie dans chaque geste, chaque action, voire chaque pensée.

De temps à autre, il faisait de longues promenades silencieuses dans la maison avec moi. C'était une grande demeure comportant trois étages et une cave poussiéreuse, mais ses beaux jours étaient loin derrière elle. Beerholm l'avait achetée à bas prix et depuis, toujours économe, il n'avait rien fait pour ralentir son délabrement. Elle était certes à peu près propre mais des lattes du plancher se gondolaient, des taches d'humidité se répandaient sur les plafonds et on apercevait parfois du coin de l'œil de petites araignées filant à toute vitesse, comme si un motif du tapis avait soudain pris vie. Et c'est cette maison que Beerholm et moi arpentions désormais main dans la main, montant l'escalier, faisant le tour de chaque chambre, redescendant l'escalier, parcourant le rez-de-chaussée, descendant un deuxième escalier jusqu'à la cave, traversant des pièces grises, remontant l'escalier.

Un jour, j'ai trouvé dans un tiroir (combien d'histoires commencent ainsi ; mais pas celle-ci) un jeu de tarots. Je regardai les cartes, les étalai, les ramassai, je laissai la peur m'envahir devant l'inquiétant mauvais goût de leurs illustrations et je tentai en vain d'y lire mon avenir. Puis je découvris qu'on avait beau couper autant de fois qu'on voulait, l'ordre restait le même. Muni de ce principe de base de l'art des cartes, je présentai un tour à Beerholm. Une tentative plutôt lamentable, et Beerholm n'était pas assez bon comédien pour le cacher. Je fis un nouvel essai auprès de mes deux meilleurs – mes deux seuls – amis, un garçon nommé Fritz et un autre dont je me souviens simplement qu'il avait des dents de devant pourries à en être grotesques, mâchonnait toujours des bonbons et exhalait un désagréable arôme de caramel. Seul Fritz fut légèrement surpris lorsque je retrouvai sa carte – *Les Amants* –, l'autre haussa les épaules sans même comprendre de quoi il était question. Après ces échecs, je mis le tarot de côté et oubliai mes piètres débuts dans l'art de l'illusion. Pas de signes avant-coureurs, de résultats prometteurs ni la moindre vocation précoce.

Il en allait de même dans un autre domaine. A intervalles éloignés, on emmenait notre classe à l'église pour des messes riches en musique et traînant en longueur. Le curé portait une longue barbe broussailleuse, un pull en tricot et des jeans, et il possédait une guitare. Il en jouait, accompagné par un sosie à la batterie, et il chantait, gai comme un pinson. Nous devions chanter avec lui, taper dans nos mains et battre la mesure avec nos pieds. Je ne saurais vraiment pas dire ce qui, de l'embarras ou de l'ennui, m'était le plus insupportable.

A côté de moi, une fille feuilletait un magazine de Donald Duck, ce qui n'était pas chose facile compte tenu des claquements de mains et des battements de pieds ; quant à moi, je faisais une partie d'échecs avec Fritz sur un échiquier miniature, et je perdis. La bâtisse qui nous entourait était d'une laideur saisissante : des colonnes de béton carrées supportaient un plafond plat orné de tubes de néon disposés en croix. Suspendu à l'est, derrière un petit autel en bois, un Christ brisé en éclats à la manière cubiste lançait autour de lui des regards inquiets ; il avait un teint jaune et paraissait souffrir d'une rage de dents.

Puis le curé, qui s'appelait Gudfreunt, entra vraiment en transe et se mit à sautiller devant son micro en balançant les bras. Il prononça ensuite un sermon interminable dont personne ne saisit la teneur. Et il termina la messe en chantant.

Quant à la cérémonie de ma première communion, elle regorgeait de chants aux strophes innombrables et dura une éternité. Peu avant, je m'étais confessé pour la première fois et Gudfreunt m'avait libéré de mes péchés. C'était étrange de se sentir innocent : ma paresse, quelques devoirs non faits, de méchantes pensées pour quelques imbéciles de notre connaissance – rien de tout cela ne me poursuivait plus. J'étais donc assis là, éclaboussé par les accords de guitare de Gudfreunt, éprouvant l'élévation de mon esprit et une douce lassitude. L'intérieur affreux de l'église semblait baigner dans une lumière vaporeuse et mystique. Devant moi chantait le curé Gudfreunt, derrière moi ondulait un brouhaha de voix bourdonnantes ; à intervalles réguliers, je parvenais à distinguer nettement la voix de basse de Beerholm. Je me retournai vers lui, il était là, debout, et il me fit un signe de tête. Et à côté de lui, Ella. Elle avait encore trois mois à vivre.

C'est Gudfreunt qui célébra l'enterrement. Son prêche se limita à des généralités, le cas soulevait des problèmes qu'il préférait laisser de côté. Il se contenta de dire que tout avait un sens, que le deuil formait l'homme et que nous nous reverrions un jour, à la fin des temps, dans un lever de soleil aux doigts de rose, entre les murs de la Nouvelle Jérusalem. Le soleil brillait, des papillons voletaient autour de nous comme des fleurs ayant pris vie. Je revois tout cela avec une telle clarté, moi, Beerholm, ces personnes anonymes et vêtues de sombre, le trou oblong dans la terre et les couleurs éclatantes des couronnes sur la caisse en bois, comme si ma mémoire avait tout recouvert d'une pellicule de glace. Je me revois, droit, les mains serrées dans le dos et avec la certitude que rien de ce qui se passerait dans le monde ne pourrait plus m'émouvoir désormais. Je ne sais pas comment je suis rentré à la maison, je n'ai aucun souvenir des jours et des semaines qui ont suivi. Mais je me rappelle chaque détail de l'enterrement. C'est étrange : notre mémoire comporte-t-elle tant de trous qu'elle ne parvient à retenir que quelques instants du temps qui s'écoule, ou bien ne possédons-nous réellement qu'en de rares et brèves occasions notre pleine capacité de perception ? Quand je reviens sur mon passé, quelles sensations ont survécu ?

Un regard par la fenêtre durant mon premier hiver passé aux Vescaux. Le soleil se lève au-dessus de la neige fraîche, où aucune patte d'oiseau n'a encore tracé de ligne en pointillé. L'étendue blanche, intacte, étincelle comme du feu, les rayons obliques aux teintes jaunes avancent à tâtons, les glaciers scintillent à l'horizon comme s'ils voulaient me confier quelque chose, à moi et à moi seul. Leur désespoir de voir que je ne les comprends pas, leur détresse mêlée de langueur.

Un ciel de fin d'après-midi qui se trouva sur mon chemin, je ne sais plus où ni quand ; une nuée polyphonique de corneilles passe devant moi, un des oiseaux change soudain de direction, les autres le suivent, les corps noirs voltigent et se croisent en tous sens, composent une nouvelle disposition, se précipitent vers l'horizon et se consument dans le rougeoiement du soir.

La cathédrale Saint-Pierre vue d'en haut ; je suis dans la coupole de Michel-Ange et les gens en bas sont ridiculement petits dans l'orage miniature de leurs appareils photo. Venant de vitraux cachés, des rais de lumière tombent dans le vide, traçant dans l'espace de longues droites géométriquement pures, préservées de l'inexactitude inhérente à la matière. Et je me demande si je vais m'accrocher à l'une d'elles et me laisser porter jusqu'en bas, sur le sol de marbre aux mosaïques multicolores.

Ma première apparition sur scène : le brouillard de lumière, la clarté irréelle des projecteurs, les silhouettes noires des spectateurs aux premiers rangs.

Toi, bien sûr, encore et toujours.

Et mon institutrice, à laquelle je demande : "Est-ce que deux fois cinq font toujours dix ? Pourquoi est-ce que c'est toujours comme ça ?" Elle remarque que je ne cherche pas à plaisanter et que j'aborde un problème qui me préoccupe depuis des jours. "Réfléchis, Arthur ! Parce que cinq fois deux font dix, que la moitié de dix est cinq et que le cinquième de dix est deux." Je ne vois toujours pas, elle répète lentement. Un avion en papier plane sous mes yeux, quelqu'un chuchote près de moi. Et tout à coup, je comprends. Je comprends pourquoi deux fois cinq font dix, maintenant et toujours et de toute éternité, dans ce monde et dans l'autre. Je contemple le tableau noir avec les marques de craie et les traces du passage de l'éponge, le visage usé de la maîtresse et celui des enfants obtus et endormis, et je sais que je dois graver cet instant dans ma mémoire, l'arracher au temps qui passe. J'ai trouvé là une vérité qui a ses racines dans l'origine du monde, qui ne m'abandonnera pas et sera à mes côtés dès à présent et jusqu'à la fin.

II

C'est par un temps désagréable, dans le compartiment d'un train express, muni de sandwichs au jambon et de plusieurs canettes de Coca-Cola, que je quittai ma ville natale pour toujours. J'avais dix ans.

Il pleuvait ; prairies monotones, maisons grises isolées et arbres maussades défilaient sous mes yeux. Je savais seulement que j'étais en route vers un internat au pays des glaciers, des montres et des couteaux de poche pour y recevoir une éducation qui ferait de moi quelqu'un d'unique, un être d'exception dans le genre humain.

La décision de me faire partir n'était tombée que quelques semaines plus tôt et de façon tout à fait inattendue. Sur le moment, je ne m'étais guère posé de questions ; je sais aujourd'hui qu'il y avait à cela des raisons dont j'ignorais tout. Trois mois après mon départ, Beerholm épousa notre gouvernante. Je songe avec amusement à ce qui a dû se passer entre eux à mon insu. J'étais plutôt naïf, même pour un gamin. Le premier enfant, une fille, naquit au bout de sept mois, et un second l'année suivante. Quand je revenais pour les vacances, je les voyais, tous deux blonds et bouclés, ramper sur les tapis sous les regards de leur jolie mère et de leur vieux père. Plus tard, après la mort paisible de Beerholm, j'appris que mon héritage avait été restreint à la réserve légale qui, pour cause de livrets d'épargne disparus et de coffres-forts mystérieusement vidés, se voyait elle aussi réduite à une triste portion congrue. J'étais déçu, bien sûr, mais uniquement sur le plan financier et non à titre personnel. Si l'Etat tient à me considérer comme le fils de Beerholm, c'est son affaire. Je ne le suis pas et je ne l'ai jamais été. Beerholm ne me devait rien.

Mais retournons dans mon train. Je suis assis là, je mange un sandwich au jambon, et je me laisse emporter vers une destination inconnue. Les montagnes grandissent, les forêts reculent, l'herbe s'infiltre dans la roche. Je vais bientôt arriver aux Vescaux.

Les brochures de l'office de tourisme représentent l'endroit avec précision : des glaciers sous un ciel profond, des fleurs des Alpes en gros plan, des chalets idylliques tombant à moitié en ruine et, devant eux, des familles de paysans empruntés (un vieil homme bourru avec une pipe, une jolie femme en costume traditionnel, trois enfants, un chien songeur). On voit des sentiers de montagne sinueux sous de charmantes cascades qui ne sont pourtant qu'un simple reflet terrestre des arcs-en-ciel arrondis à l'horizon. Des étendues vertes piquées de fleurs et abondamment recouvertes de vaches éparpillées. Si on retourne le prospectus, c'est la version hivernale. Le chalet avec de la neige sur le toit et un voile de fumée gelée au-dessus de la cheminée. Une cascade, métamorphosée en une merveille de glace translucide. Et des pistes de ski envahies de joyeux petits personnages en anoraks clairs, figés dans des contorsions et des déhanchements grotesques. Une fillette agite la main depuis un télésiège. (Mais le dépliant ne dit rien des longues journées pluvieuses, des automnes gris, de la monotonie désolée de l'arrière-saison.) Une vue aérienne montre l'ensemble du village : quelques dizaines de maisons resserrées sur une étroite terrasse rocheuse. Voilà la rue principale, une mince ligne grise et tortueuse. On ne voit malheureusement rien des magasins qui la bordent, bijouteries, vêtements de marque, fermés en été. La tache bleue, là, c'est la piscine dans le jardin du Grand Hôtel. Quant aux bâtiments voisins, tous ces carrés blancs, ce sont également des hôtels, mais de qualité inférieure. Les points noirs correspondent eux aussi à des hôtels, mais encore plus bas de gamme, pour les touristes en groupes. Presque toutes les maisons ici sont des hôtels. Sauf cette bâtisse de forme allongée, là-haut. Ça, c'est l'internat.

L'Ecole internationale des Vescaux. Elle jouit dans le monde entier d'une bonne réputation qui repose avant tout sur son élégant papier à lettres aux armoiries de l'établissement. Car, pour tout le reste, elle est médiocre. Les frais de scolarité sont si élevés que personne ou presque n'échoue ; les professeurs sont des gens paisibles atteints des déficiences mentales les plus diverses ; le directeur, M. Finzel, est un imbécile solennel.

Je suis arrivé à dix ans et j'en suis reparti à dix-huit. Soit huit années passées dans un château sous des cimes blanches et des levers de soleil flamboyants. Huit années sous de vieux arbres immenses, de vénérables saules pleureurs qui se penchaient sur l'herbe mouchetée de lumière, dans l'éclat d'un soleil alpin hautement payé. Huit années durant lesquelles j'ai vécu hors du monde.

Je partageais une chambre avec un garçon nommé Jean Braunhoff. C'était le fils d'un marchand d'armes et l'une des personnes les plus gentilles que j'ai jamais rencontrées. (Je fis aussi la connaissance de son père, un petit monsieur timide, très poli et un peu craintif.)

Et quel genre d'élève étais-je ? Médiocre, extrêmement médiocre. Ou pour être précis : assez mauvais en tout, mais si bon en mathématiques que cela équilibrait l'ensemble. Plus tard, lorsqu'en physique il ne fut plus question de stupides petites sphères ou de leviers mais d'atomes, d'ondes et de rayons lumineux, bref lorsque les nombres pénétrèrent la matière et que ce qui était concret en apparence se réduisit à des relations abstraites, mes résultats s'améliorèrent là aussi. En chimie, j'étais insuffisant par dégoût : le dégoût de voir les contorsions, les colorations, les déformations obscènes que présente la matière gargouillante enfermée dans une éprouvette chauffée, le dégoût pour la saleté qui remue comme si elle était vivante. J'ai toujours eu peur qu'elle ne le devienne vraiment. Alors surgirait en rampant hors des cendres et des résidus brunâtres d'une expérience quelconque une bestiole à pattes multiples, formée par génération spontanée dans la chaleur du mélange. Tous ces composés, toutes ces solutions qu'on associait pour faire naître quelque chose de nouveau, de puant, de caustique, d'affreux… cela me répugnait. Seules me plaisaient les combustions. De petites langues de flammes colorées, courant à la surface d'un liquide froid. L'éclat soudain de la poudre de magnésium, si intense que personne ne peut le regarder en face ; et, une fois consumée, il n'en reste rien, pas le moindre granule blanc. Toute la matière s'est dissipée et transformée en lumière.

Puis, un jour, il se passa quelque chose d'important. J'avais environ quinze ans, c'était un long et morne après-midi d'automne, une de ces journées où l'on dirait qu'il n'y a strictement rien à faire jusqu'à la fin des temps, lorsque Jean Braunhoff décida de me montrer un tour de cartes. Il le fit par ennui et c'est par ennui que je le regardais faire, tandis qu'au-dehors les montagnes étaient invisibles dans le brouillard et que d'épaisses nappes de brumes humides remontaient en glissant de la vallée vers nous.

"Tire une carte !" dit-il. Je m'exécutai. Il me tendit le paquet fermé, et non en éventail, mais je parvins tout de même à en extraire une carte.

"Mémorise-la et remets-la dans le tas !" Je m'exécutai. C'était le quatre de pique, je m'en souviens encore.

Il commença alors à manipuler le paquet ; il avait glissé son petit doigt à un endroit, et avec les autres il feuilletait les cartes une par une et les regardait en serrant les dents. Tout à coup, il leva les yeux et sourit fièrement. "Je l'ai ! Le sept de cœur, c'est ça ?

— Non, répondis-je. Le quatre de pique.

— Merde !" s'écria-t-il, et il jeta le paquet par terre où il s'éparpilla en d'innombrables feuilles minces, après quoi il se retourna et sortit en claquant la porte. Je le suivis des yeux avec compassion, puis je me mis à ramasser les cartes. Les voir là, dispersées et abandonnées, m'était plutôt désagréable. Etrange pressentiment de l'avenir : plus tard, bien plus tard en effet vint un temps où peu de mésaventures étaient pour moi plus affreuses qu'un jeu de cartes tombé par terre. Une fois toutes rassemblées et rangées, nettes et lisses, les unes sur les autres, je les examinai de plus près. C'était un jeu ordinaire, légèrement usé, trente et une cartes, du sept à l'as, avec au verso un motif rouge sans originalité. Un valet manquait. Je regardai par la fenêtre et, à ce moment précis, il se mit à pleuvoir. Les gouttes s'écrasaient devant moi contre le rebord de la fenêtre et, plus bas, la terre se transformait en boue humide. Je bâillai, m'assis sur mon lit, étalai les cartes. Les huit avec les huit, les dames avec les dames, les rois avec les rois. Cœur, carreau, pique, trèfle. Les trois valets me posaient un problème, je les mis de côté. Puis à nouveau toutes sur un même tas. Je coupai. Encore. Et encore. Je feuilletai le paquet, l'ordre était resté identique. Je m'y attendais. Mais que se passerait-il si je redistribuais les cartes pour les ramasser aussitôt… ? Je pris une feuille de papier et un crayon, fis un tableau, y reportai la position de chaque carte et j'essayai. Je notai les nouvelles positions et les comparai aux précédentes ; l'ordre s'était inversé. Et si maintenant on les étalait dans un sens et les ramassait dans l'autre ? J'enfonçai le crayon dans ma bouche – il avait un goût de bois et crissait entre mes dents – et je tentai l'expérience.

Au bout d'une heure, Jean revint. “Qu'est-ce que tu fais, demanda-t-il, avec mes cartes ?

— Prends-en une, lui répondis-je, n'importe laquelle. Regarde-la, mémorise-la et remets-la dans le tas !”

Il me regarda avec étonnement, fit de même pour les cartes, puis il obtempéra. Je les ramassai, les étalai et lui demandai : “Tu la vois toujours ?” Il acquiesça. Je les ramassai à nouveau et lui tendis le paquet en disant : “Prends celle du dessus !” Il la prit, la contempla et souffla d'un air abasourdi. “Pourquoi tu ne m'as pas dit que tu savais le faire ?

— Parce que je ne le savais pas. Du moins pas encore.

— Et comment tu as fait ?

— Ça, répondis-je, obéissant d'instinct aux règles d'un art que j'étais encore loin de maîtriser, je ne peux pas te le dire.”

A la première occasion, je me rendis dans la librairie des Vescaux, une boutique qui vendait surtout des journaux, des cartes postales, des cigarettes, des briquets et des crayons de couleur. L'assortiment de livres se composait de recueils de photos sur la montagne, de quelques polars et d'une édition jaunie de *L'Etre et le Néant*.

"J'aimerais commander un livre de magie, dis-je. Le commander. Un livre sur la magie. Avec des cartes."

Le propriétaire, un grand homme chauve, véritable incarnation de la vieillesse, me considéra longuement et réfléchit. Tout à coup, il se retourna et sortit en traînant les pieds. Je l'entendis fouiller et tousser dans la pièce voisine. Il revint enfin, tenant à la main une mince brochure en couleur : *Les Règles du jass à la portée de tous*, par Kaspar Almenblum.

Je finis par le convaincre de faire venir d'un stock quasi inaccessible un livre correspondant à peu près à ce que j'avais en tête. Il s'appelait *Tours de cartes*, avait une reliure rouge cartonnée et était écrit par un auteur ayant également rédigé des ouvrages sur les jeux de société, dont un portant le titre *Les Techniques du Scrabble*. Je le feuilletai tout en mordillant mon crayon et m'étonnai du mélange d'aversion et d'intérêt que je découvrais en moi.

Cela m'amusait-il ? Pas vraiment. Est-ce que je cherchais à démontrer quelque chose à autrui ? A vrai dire, non. Je voulais sans doute comprendre une chose, une éventualité qui prenait forme au loin, une troublante conjoncture mathématique, deux parallèles aspirant à se rejoindre dans un infini nébuleux.

Puis j'en vins aux meilleurs livres. Ceux qui ne comportent pas d'images, tout au plus de froids schémas techniques. Ceux dont le style est austère, voire d'une fastidieuse sécheresse. Et où les numéros sont ardus. Et les tours de main difficiles. Toute l'élégance, toute la surprise doivent résider dans l'effet et non dans l'analyse. Je lus *L'Art de la diversion* de Jan Van Rode, le chef-d'œuvre de Diabelli sur les techniques du faux reflet, l'étude de Librikov sur la manipulation des couleurs. Et aussi le traité classique de Giovanni Di Vincentio, la plupart des livres de Dai Vernon, le chef-d'œuvre inégalé de Hofzinser et enfin, un vœu de Noël généreusement exaucé par Beerholm qui avait mauvaise conscience, l'*Encyclopédie des arts de l'illusion* en quatre volumes datant du XVIIIe siècle, dans l'édition originale avec ses gravures grises et son système d'index d'une déroutante complexité.

En toute modestie, j'étais doué. Je maîtrisai bientôt les techniques les plus simples : le glissage, la levée double, le comptage. J'avais, comme tout le monde, des difficultés avec le filage, l'empalmage, le saut de coupe. Ou comment couper un jeu en cachette – opération que seule une extrême rapidité rend invisible. Ce n'est que des années plus tard que j'y parvins avec aisance mais cela ne me servit à rien car je n'utilisais alors presque plus les cartes.

Quand j'eus, au bout d'un certain temps, assimilé les techniques de base, je commençai à inventer mes propres effets et à élaborer les séquences qui y conduisaient. Je remplis deux cahiers d'écolier d'annotations et un grand album relié en cuir de tours de magie que j'avais mis au point et rédigés avec une encre de Chine noire, sobre, et sans bavures. Quelques-uns d'entre eux étaient tout à fait exploitables, et je pus les intégrer par la suite dans mon recueil *Quarante-Neuf Escamotages*. Aujourd'hui, cela m'amuse de les feuilleter à nouveau : ils sont à leur manière très instructifs, ils sont l'œuvre d'un novice expérimenté qui ignore encore tout mais en sait déjà plus qu'il ne devrait. C'est à cette époque que j'ai conçu le "quadruple échange de cartes", ce tour devenu depuis un classique incontournable de la mallette du magicien. Rien de ce que j'ai accompli par la suite ne convenait mieux pour une anthologie.

Mais pourquoi tout cela ?

C'est vrai, je te dois une réponse. Cela ne va pas être facile. Eh bien soit, il faut que je m'érige en professeur. Je prends une grande inspiration. Fais bien attention, suis chacun de mes gestes, ne perds aucune de mes paroles. C'est déjà assez difficile en soi.

Admettons que je fasse tirer une carte à quelqu'un. Il doit la mémoriser, puis la remettre dans le jeu et mélanger. Après quoi je lui demande d'en tirer une deuxième et de la poser devant lui sur la table. Et de dire à haute et intelligible voix la valeur de la carte qu'il a mémorisée avant de retourner celle qui est devant lui. C'est la même.

Jusqu'ici, tout va bien ; un effet facile. Que s'est-il passé ? Quelqu'un choisit une carte et se sépare d'elle, il la fait retourner dans la masse des autres, il n'est pas en mesure de la retrouver. Puis il en retire une deuxième, n'importe laquelle, de la multitude anonyme et, à sa grande surprise, il retrouve en elle sa première carte ; elle est revenue à lui. Cet événement contredit toute probabilité, il n'est pas logique. Et pourtant, n'est-il pas au fond tout à fait normal et juste que ce soit la même carte ; n'est-ce pas même plus *rationnel* ainsi... ?

Le monde visible, dans sa diversité et ses intrications, avec son incroyable inventaire d'êtres humains, d'animaux, de chiens, d'agents d'assurances, de crocodiles, de fleurs, d'océans, de soleils, de planètes et de galaxies, repose sur un réseau de nombres. La somme des angles d'un triangle est égale à la somme de deux angles droits ; une proposition est vraie, ou son contraire, mais pas une tierce proposition ; un corps reste dans le même état tant qu'aucune force n'agit sur lui. Tout cela se vérifie sur le fond sablonneux de la mer chez les poissons aux yeux globuleux, au milieu des plantes grimpantes à feuilles rouges de la forêt vierge et parmi les étoiles qui lancent en vain leurs derniers rayons et que personne ne connaît. Un esprit d'une clarté implacable impose ses lois à toutes choses.

Que signifie alors le retour de la carte ? Que signifie la magie ? Simplement que l'esprit est en mesure de dicter à la matière la façon dont elle doit se comporter et que celle-ci est tenue d'obéir à ses ordres. Ce qui paraît irrationnel constitue en vérité la révélation de la raison. La prétendue abolition des lois de la nature correspond en réalité au moment où elles apparaissent en pleine lumière hors des broussailles du hasard. Le monde invisible des formes et celui trop visible de l'informe fusionnent pendant un court instant presque irréel. Durant une seconde, la puissance infinie de l'esprit se montre à découvert. Et, avec elle, cette vérité qu'aucune chose au monde n'a la force de résister à son propre destin mathématique.

La fête de l'école arriva. Le rez-de-chaussée de l'Ecole internationale des Vescaux comporte un majestueux hall en pierre avec un dallage en marbre et de hauts plafonds soutenus par des torses d'anges aux larges épaules et aux visages impassibles. C'est dans cette salle qu'a lieu chaque année la cérémonie d'accueil pour les nouveaux élèves et celle de départ pour ceux qui sont diplômés. Et les rencontres du club des anciens élèves. Et bien sûr la fête de l'école.

La chorale interpréta à sept voix et avec force arabesques quatre chants du XVIIe siècle. Après quoi M. Gamouche, le professeur de musique, exécuta deux compositions de Telemann sur un petit harmonium asthmatique. Et quelques garçons qui rêvaient tous de devenir acteurs jouèrent une des premières pièces en un acte de Corneille, répétée sous la direction du professeur de français, M. Bellermann.

L'ennui se répandait comme de l'encre versée goutte à goutte dans de l'eau chaude. Les visages s'allongeaient, sur le point de fondre, les têtes s'affaissaient, des bâillements et des chuchotis ainsi que de petits billets parcouraient les rangs en tous sens. Avec le temps, cela aussi cessa et il ne resta qu'une légère lassitude mêlée d'abattement. Puis ce fut mon tour. Le moment était venu.

La grande salle noire de monde attendait mon entrée en scène. Finzel me fit un signe. Je me penchai, craignis un instant que mes jambes ne se révèlent trop faibles, mais non, elles me portaient. Je m'avançai lentement vers l'estrade – Finzel fit un geste impatient de la main : plus vite ! – et je montai la première marche. La deuxième. La troisième. J'étais en haut. Dans mes oreilles bruissait un océan lointain, quelques tonnes d'air pesaient sur ma poitrine, mon cœur battait tel un métronome au rythme du silence derrière moi. Je me retournai. Et je les vis : des têtes, des têtes, des têtes ; inconnues, me dévisageant, sans âme. L'espace était moucheté de petits points gris, rien que des yeux, tous fixés sur moi.

"J'ai besoin..." dis-je, et j'entendis que ma voix était trop faible. Donc : se racler la gorge. Prendre une nouvelle inspiration, une grande inspiration. Bien. “J’ai besoin d’un volontaire !”

L’attente. Une lueur diffuse traverse les fenêtres vétustes en verre dépoli ; la lumière semble s’élever telle une brume blanche de l’impressionnante pénombre de la salle et flotter en vapeur épaisse au plafond lambrissé. Depuis le mur d’en face, un buste de Voltaire avec sa tête de mort me lance un regard amusé. Des mains se lèvent à présent. Quelques-unes chez les petits, deux ou trois au milieu et – oui, même deux tout au fond, parmi les élèves les plus âgés. Et une au premier rang. M. Finzel. Il me fait signe et grimace d’un air de conspirateur, le voilà même qui m’adresse un clin d’œil. Que me reste-t-il d’autre à faire : je me penche vers lui et je l’invite d’un geste de la main à me rejoindre sur scène. Il se lève et vient. Rires étouffés provenant d’abord des rangées de devant, puis de toute la salle.

Il est debout à côté de moi. Enveloppé dans une odeur d’après-rasage, arborant une cravate étincelante, le visage rouge de curiosité.

“Maintenant, dis-je, un jeu de cartes.” Et je soulève un paquet en l’air, bien au-dessus de ma tête. Il se compose de cartes surdimensionnées, vingt centimètres sur trente, spécialement créées pour les spectacles de scène. Après une seconde d’anxiété retentissent comme prévu les éclats de rire.

Je déploie les cartes en éventail, c’est très réussi : j’ai un grand trois quart de cercle bien arrondi dans ma main. Je le tiens devant la bedaine de Finzel en disant : “Prenez quatre cartes, s’il vous plaît ! Quatre ! Cartes !” Et de nouveau les rires. Ça marche. Ça marche !

Finzel prend son temps. Il plisse les yeux et scrute le dos des cartes comme s’il tentait d’y découvrir des signes secrets, de rusés marquages, une quelconque indication. Ensuite il passe à l'attaque, il effleure une carte, retire sa main, souffle d'un air méditatif, en saisit une autre. Et la sort de l'éventail. Puis encore trois, deux au milieu et celle qui est tout en haut. (Beaucoup de gens prennent celle du haut ; pour une raison quelconque, ils trouvent cela judicieux.) Il tient donc les quatre cartes dans sa main, les revers à carreaux bleus dirigés vers le haut. Il veut les retourner, vite je les lui prends et je m'écrie d'une voix forte : "Merci ! Merci beaucoup !"

Je caresse négligemment le dos du paquet avec les cartes et, d'un même geste, je lève les quatre cartes en l'air. Tout le monde voit le verso des cartes, je sens que chaque regard dans la salle se pose sur les quatre rectangles de carton dans ma main. On peut réellement sentir ce moment où une foule de regards se concentrent sur un même point. C'est comme un doux picotement électrique, une braise qui se ranime un peu. Expirer. Savourer l'instant. Le plus difficile est derrière moi, tout va bien se passer.

"Je ne vous ai pas influencé ? Vous avez vraiment choisi en toute liberté ?"

Finzel a un sourire condescendant. "Mais bien sûr !"

Je souris aussi. Et lentement, très lentement, je retourne ma main. Les motifs des cartes orientés vers le public. Ce sont les quatre as. Tous les quatre. Finzel bredouille un "oh !" effrayé, pendant une seconde règne un silence absolu, aucun bruit de chaussures, aucun mouvement. Et là, tandis que les premières mains s'élèvent et s'écartent pour se rejoindre à nouveau, à ce moment précis, juste avant que ne retentisse le vacarme des applaudissements, une voix. Une voix d'enfant venant du troisième rang, là où sont assis les plus jeunes, froide, neutre :

"Je l'ai vu. Il a échangé les cartes. Avant de les élever."

Et ensuite, les applaudissements. Mais tous ont entendu. Tous. L'espace se creuse devant moi et recule jusqu'à des lointains tout en courbes, vus comme à travers une lentille. J'arrive tant bien que mal à m'incliner. Je sens que Finzel me tape sur l'épaule ; il sourit d'un air compatissant. Je descends les trois marches l'une après l'autre. Des visages se tournent vers moi, je ne les regarde pas. Je ne peux maintenant regarder personne, je ne pourrai d'ailleurs plus jamais regarder qui que ce soit. J'ai les joues et les oreilles en feu, je dois être rouge, affreusement rouge, écarlate. Voilà la porte. Je l'ouvre, je sors dans le couloir. Il est long, vide, sombre. Enfin seul. Enfin plus personne.

La grand-rue était déserte, il n'y avait là qu'un paysan au nez rouge portant une pelle. On ne voyait aucune lumière dans les hôtels endormis, les volets étaient fermés, les enseignes éteintes, les vitrines des magasins dégarnies. La nuit faisait une voûte au-dessus de ma tête, les glaciers au loin dessinaient des taches grises informes dans le ciel. Le bâtiment de l'école derrière moi était comme une partie douloureuse de mon corps. Le vent bruissait sans force, quelques arbres n'ayant plus que de rares feuilles froissées gémissaient sur leurs meurtrissures. Là-haut flottait une lune ronde et cuivrée, destinataire officiel de sérénades romantiques et de prières mélancoliques depuis la nuit des temps. Il me suffisait d'aller tout droit, toujours tout droit. Le chemin finirait tôt ou tard, mais il faudrait que je continue. L'herbe crisserait sous mes chaussures, le vent qu'aucune maison n'arrêterait plus deviendrait plus fort et plus froid. Ensuite le terrain pencherait très légèrement et soudain la vallée scintillerait sous mes yeux, une concentration de points lumineux étincelants et clignotant par intermittence dans du velours noir. Tout à coup le sol disparaîtrait et il ne resterait plus que le vent. Cela durerait une, voire deux, voire trois secondes ; sans doute verrais-je encore les lumières venir vers moi en dansant. Puis ce serait fini, plus de ridicule, plus de honte.

J'étais sur le point de le faire. Mais je me retournai et revins sur mes pas.

Le lendemain, je rassemblai tous mes livres sur la magie pour les porter au bac à ordures. Hofzinser, Vernon, Rode, Diabelli, Librikov – arrivé à l'encyclopédie, j'hésitai. Elle était si vieille, si belle et précieuse que je n'en eus pas le courage. Et puisque j'avais décidé de la garder, autant garder aussi les autres. Je les déposai tous dans une boîte en carton que je fermai avec du ruban adhésif. Puis je la casai en haut de mon armoire où elle demeura durant les années qui suivirent en se recouvrant de poussière. J'offris mes cartes à Jean Braunhoff. Il essayait parfois de faire des patiences mais il finit par abandonner parce qu'elles ne réussissaient jamais.

III

Beerholm avait vieilli. Sa tête était devenue plus ronde, sa moustache moins fournie, ses verres de lunettes plus épais. Il s'essoufflait en marchant ; cela rappelait un peu le sifflement d'un wagon de chemin de fer qui va ouvrir ses portes. Mais Beerholm se tenait encore très droit et il passait toujours des heures au téléphone et je ne savais toujours pas avec qui. La maison avait été réaménagée : il y avait à présent des tentures, de nouveaux tapis, une foule d'objets en verre. Le jardin était mieux entretenu lui aussi. La pelouse était tondue, les arbustes taillés, les arbres élagués.

C'était trois ou quatre jours après mon arrivée. Beerholm était assis à son bureau. Sa lampe projetait un cercle lumineux jaune pâle sur une liasse de papiers gris recouverts des signes secrets du monde des affaires. Lorsque j'entrai, il tourna lentement la tête vers moi. Il semblait ne rien faire, juste être assis là, à regarder les ombres s'allonger dans la pièce. Il me considéra en silence ; sa barbe filandreuse avait des reflets blanchâtres.

"Il faut que je te parle. De ce que je vais faire après l'école.

— De ton métier ?

— Je ne sais pas si tu l'appellerais ainsi.

— C'est si terrible que ça ?

— Tout dépend du point de vue."

Il me regarda et attendit. Je pris une grande inspiration. Bon, il fallait que je le dise.

Tandis que je parlais, le crépuscule s'épaississait et faisait place à la nuit. Beerholm était assis droit sur sa chaise et il m'écoutait. Son visage était immobile, seuls ses yeux se fermaient parfois et s'ouvraient de nouveau. La silhouette d'un arbre devant la fenêtre se confondait peu à peu avec son arrière-plan noir. Dans le ciel, une étoile clignotait et s'éloignait avec lenteur. Ah non, rien qu'un avion.

Quand j'en eus terminé, je me renversai en arrière et attendis. Je regardai la pendule : les aiguilles n'avaient presque pas bougé. Dix minutes à peine. Il me semblait avoir parlé beaucoup plus longtemps.

Beerholm se racla la gorge, prit un petit crayon, le fit tourner entre ses doigts et l'examina.

"Tu en es certain, Arthur ?

— Je crois bien.

— Cette histoire de courbe et de droite… je ne suis pas sûr d'avoir compris. Cela me paraît un peu confus. Mais c'est à toi de juger.

— Tu n'as rien contre ?"

Il prit de nouveau un crayon – le même – et recommença à le faire tourner en tous sens. "Je devrais ?"

Je haussai les épaules. Il y eut un moment de silence, au fond on s'était tout dit. Beerholm était toujours en train d'examiner son crayon, je l'entendais distinctement inspirer, puis expirer. Et j'eus tout à coup l'impression que je devais lui dire quelque chose. Evoquer toutes ces années passées, mon sentiment de sécurité, les vêtements, le logement, l'internat, les histoires qu'il me lisait avant que je m'endorme et nos promenades à travers la maison. Mais comment remercier quelqu'un pour tout cela, surtout quand c'est un inconnu ?

J'attendis une demi-minute, une minute entière, avec l'espoir qu'une inspiration soudaine me fournirait les mots justes. Elle ne vint pas, et je ne lâchai que quelques formules du genre “ne pas vouloir déranger davantage”, me levai et sortis.

Et, peu après, je repartis. Je serrai la main de Beerholm, échappai par chance à celles de sa femme, tendues et prêtes à m'étreindre, et caressai les têtes blondes des deux petites filles. C'était l'un des derniers jours d'août, et même ce jour précis où l'on sent à une subtile pesanteur magnétique que quelque chose va bientôt finir. Tout est encore en fleurs, les guêpes et les coccinelles s'agitent, mais à tout cela se mêle un indéfinissable malaise. Chaque année tient cette journée en réserve, et soudain elle est là et on ne sait ni d'où elle vient ni pourquoi elle tombe justement aujourd'hui. Voilà sans doute une des raisons pour lesquelles j'étais si pressé de partir et m'en allai sans me retourner, sans tenter de dire à Beerholm ce que j'aurais dû lui dire. Si j'avais su que je ne devais plus jamais le revoir, que c'était la dernière occasion, est-ce que j'aurais essayé ? Qu'est-ce que j'en sais ! S'il y a une chose qui peut conduire l'homme au bord de la folie, c'est bien l'idée que certains événements ne se rattrapent jamais, que des occasions passent et ne reviennent plus, jusqu'au moment où ce grand cosmos pétri d'étoiles se résoudra en lumière. Si au moins je m'étais retourné... ! Je sais très bien que ma mémoire aurait conservé cette dernière image de Beerholm, debout dans l'embrasure de la porte, me suivant du regard (a-t-il fait un geste de la main ? non, pas Beerholm). J'ai bien sûr beaucoup d'images de lui, mais c'est justement celle-ci, la plus importante, qui me manque. Ma collection est incomplète et elle le restera.

J'avais encore un peu de temps avant le départ de mon train et je me rendis donc au cimetière. Sur la tombe d'Ella. Je n'y avais pas été depuis l'enterrement, et avec raison. Seule une pierre m'y attendait. Du marbre froid, veiné de sombre, le nom d'Ella en lettres dorées dessus, sa date de naissance et de décès, c'était tout. Mais bon, qu'est-ce que j'espérais ? Je ne sais pas. Toujours est-il qu'il n'y avait là qu'une pierre, rien d'autre, et je ne comprenais pas quel lien elle était censée avoir avec Ella. Certes, quelque part sous ces fleurs décolorées gisaient quelques os déformés et un crâne transpercé avec art ; toutes choses qu'Ella avait traînées avec elle autrefois. Et après ? Comment ce fourbi, cette poignée de boue grotesque osaient-ils prétendre avoir été Ella ? C'était une méprise, un malentendu qu'il fallait éclaircir. Peut-être pourrais-je l'éclaircir moi-même, un jour. Bientôt, sans doute. Je fis demi-tour et m'en allais sans hâte, en longeant ces rangées interminables de pierres au garde-à-vous. Tous ces noms ordinaires ! On croit que la mort est un monde à part, mais elle est aussi banale qu'un annuaire téléphonique.

Je commençai aux Vescaux ma dernière année, au bout de laquelle se profilaient dangereusement les examens de fin d'études. Les arbres laissèrent bientôt tomber leurs premières feuilles usées et leurs cimes prirent une centaine de teintes jaunes différentes. Des enfants de paysans, gigantesques, flanqués de chiens bruns à l'air menaçant, emmenaient dans la vallée des vaches clignant des yeux paisiblement. La nuit, le vent ébranlait les fenêtres, arrachait le feuillage des arbres et emportait l'idylle au loin. Les arbres d'Arcadie furent dépouillés. Puis vint l'hiver. Mais trêve de tout cela, assez de descriptions de la nature ! Je voulais faire des études de théologie.

Mais comment donc – la question que toute personne sensée aimerait poser à présent et pose en effet – as-tu eu cette idée ? Et quand ? Et surtout : pourquoi ?

Je sais, je sais. C'est exactement la réaction à laquelle je m'attendais. Et c'est d'ailleurs très bien ainsi. On doit être en mesure de justifier ses décisions ; sinon où diable irions-nous... ! Il faut donc que je m'explique. Je pourrais invoquer des illuminations nocturnes, des convictions morales inexprimables et des paroles résonnant dans mes rêves pour m'indiquer ma vocation – mais ce serait absurde. Il n'y a rien eu de tout cela. Aucun ange n'a jamais pris la peine de me rendre visite. Je ne connais pas le timbre de la voix de Dieu. Je n'ai jamais été appelé.

Te souviens-tu encore de tes années d'école ? De la géométrie analytique ? N'aie pas peur, je n'ai pas l'intention de t'ennuyer plus que nécessaire. Mais je dois te décrire une courbe bien précise et ses étranges aventures. Un exemple simple : la fonction $y = 4/x$. Si on remplace x par 4, on obtient... exact : 1. Avec le chiffre 3, on obtient $4/3$, c'est-à-dire la fraction périodique 1,3, un nombre idiot sans humour ni élégance aucune. Prenons le chiffre 2... en effet, cela donne 2. Le chiffre 1 : résultat 4. Et zéro ?

Nous y voilà. J'aimerais savoir s'il existe un seul être humain qui ne soit pas pris de vertiges, parcouru de frissons qui lui descendent dans l'estomac et ne sente pas tout à coup autour de lui l'étendue glaciale de l'univers lorsqu'il essaie de s'imaginer pour de bon ce que devient le quatre une fois divisé par zéro. Le mathématicien se facilite la tâche en écrivant à côté du calcul, à l'aide d'une fine plume, *n. d.*, *non défini*, avouant ainsi que sa science se désagrège dès qu'elle tente d'aborder l'effroi absolu et la pure éternité. Qu'en est-il de la géométrie ? Elle trace la courbe qui croît avec lenteur des deux côtés du repère cartésien puis décroît au fur et à mesure qu'elle se rapproche de l'axe, avant de monter en flèche dans les derniers millimètres et, dépassant le cadre de la feuille, de s'élancer vers le néant. On appelle cela un *infini*, et la figure ainsi créée ressemble aux contours d'un vase pansu dont le col, au lieu de se terminer comme il se doit au bout de deux ou trois centimètres, se perd quelque part dans le ciel nuageux. Je me souviens que j'ai dû me tenir aux bords de la table cahotante quand j'ai suivi pour la première fois la trajectoire de cette pauvre courbe toute simple : elle vient du domaine des humbles nombres quotidiens, s'élève sous nos yeux, prend un instant la valeur "infinie" et retombe, retourne là d'où elle vient. Mais elle était là-bas, pour l'amour du ciel, elle y était *vraiment* ! Sous notre regard une ligne, le produit de nos froids calculs, a franchi les limites du monde et revient vers nous comme si de rien n'était.

Ou bien prenons les nombres irrationnels. Par quoi faut-il multiplier une simple droite si nous voulons l'amener à tourner une fois sur elle-même et à créer un cercle ? On parle à la légère de pi en dessinant une lettre grecque qui ressemble à une amanite tue-mouche vue de côté, mais qu'est-ce au juste ? Oui, qu'est-ce en réalité… ? Un trois avec une infinité de chiffres après la virgule, une infinité de chiffres *différents*. Le calcul d'une circonférence – peu importe qui l'effectue, quand et comment – est toujours imprécis parce qu'il repose sur un nombre qu'on ne peut concevoir d'aucune façon et en aucun cas. On parle de "valeurs approchées" ; mais cela signifie tout bonnement que l'on prend d'autres nombres qui côtoient l'inaccessible et lui ressemblent un peu en apparence. Or entre eux et lui s'étend une confuse infinité remplie de chiffres dont on ne peut venir à bout. Pi, conçu par l'esprit, échappe à l'esprit ; celui-ci n'arrive plus à son niveau. Messieurs les professeurs, vous que la craie enveloppe des nuages de sa poussière, répondez-moi ! N'est-il pas évident qu'ici, avant tout le reste, avant toute matière, quelque chose d'inquiétant se profile dans le monde ? Comme un reflet initial, une préfiguration du mal ? Quant à cette petite courbe qui traverse l'infini – ne vit-elle pas une forme géométriquement transposée de résurrection ?

Te rappelles-tu ce qu'est une asymptote ? Une ligne qui tend vers une droite, se rapproche d'elle de plus en plus mais ne la rejoindra jamais, même dans l'éternité : car si elle y parvenait, elle deviendrait elle aussi une droite, et c'est bien son but ; pourtant elle n'y arrivera pas : sa courbure – cela peut se calculer – diminuera sans cesse mais ne disparaîtra jamais. A quoi nous fait-elle penser ? N'est-ce pas au péché originel, à la séparation primitive, incompréhensible et irréparable d'avec Dieu ? Quel événement, voilà ce que se demandent les lycéens au teint blême, lui permettrait d'atteindre, contre toute logique, l'objet de son malheureux désir couleur de crayon gris ?

Voici en tout cas ce qui m'a frappé à l'époque où j'entrai pour la première fois et avec beaucoup de prudence dans l'univers des nombres : à l'intérieur des chiffres, des équations et des barres de fraction réside un élément étranger, irisé et dur comme une perle dans la chair d'une huître endormie. Quelque chose qui donne à celui qui le contemple l'impression de se trouver entre deux miroirs ou, depuis un point de vue élevé (une terrasse, cette terrasse), de regarder l'abîme. Crois-moi : il y a peu de raisons plus valables de faire des cauchemars que de découvrir, caché au cœur des mathématiques, le germe de la folie.

Ou celui de la révélation. Et c'est elle qu'il m'a fallu choisir ; que me restait-il d'autre à faire, vu la situation. J'étais baptisé, confirmé et tout ce qui s'ensuit, sans avoir pourtant reçu une éducation particulièrement chrétienne ; Beerholm considérait les problèmes de l'âme et de la métaphysique avec une sereine indifférence. Ma conversion s'est faite par le biais de cahiers d'écolier à carreaux et de papier millimétré rouge, mon aspiration vers Dieu était dans ses origines de nature mathématique.

Mais peut-être que tout cela n'est pas vrai ; peut-être s'agit-il de reflets trompeurs que je fais apparaître comme par enchantement sous mes yeux et les tiens. Il est possible que je te mente depuis le début. L'enfant qui, à l'époque – il y a longtemps –, s'était mis à crier, effrayé par le coup de tonnerre, c'était moi. Après, je suis allé en pleurant jusqu'à la fenêtre pour appeler Ella ; je savais qu'elle était là en bas. Et c'est là seulement que je l'ai vue. Lorsque l'air entourant quelqu'un gèle soudain et qu'en même temps tout son sang se glace tandis qu'il se tient immobile, emprisonné entre le froid et le froid, il a sans doute une vague idée de ce que j'ai pu éprouver. J'ignore combien de temps je suis resté debout là – c'est une formule toute faite, je sais, mais elle est juste : je l'ignore vraiment. J'ai aperçu la petite marionnette disloquée sur la pelouse, je ne saisissais rien et ne ressentais que la monstrueuse présence de l'horreur. L'atrocité de cet instant pénétra si profondément mon corps qu'aujourd'hui encore je la ressens dans mes articulations comme une légère inflammation.

Tout ce que j'ai fait depuis a été déterminé par cet instant passé à la fenêtre et comme dilaté par l'effroi. Et dans cette circonstance… ? En fait, j'avais le choix : ou bien Ella avait été tuée par un hasard aveugle, ou bien un Dieu désœuvré s'était entraîné sur elle au tir à la cible. Mais quelle hypothèse valait donc mieux ? Peut-être voulais-je simplement me ranger du côté du pouvoir, là d'où part la foudre, plutôt que parmi ceux qui en sont frappés ? Tu vois, j'essaie d'être sincère. Il est fort possible que toutes mes belles élucubrations ne dissimulent qu'une sorte d'opportunisme métaphysique.

Mais peu importent les raisons, ma décision était prise. Entre-temps, l'examen de fin d'études approchait. Et même si je savais qu'il ne serait pas bien méchant, je l'envisageais avec une certaine appréhension. La neige avait déjà fondu et s'était écoulée dans les vallées en petits ruisseaux d'une limpidité printanière. Quelques fleurs égarées sortaient de terre avant d'être délicatement broutées par les premières vaches. Les jours atteignaient de nouveau la durée des nuits et la pittoresque famille de paysans sortit ragaillardie de son chalet et se rassembla pour la première photo.

Pendant ce temps, l'examen qui approchait avait réussi à s'insinuer dans mes rêves. Tout d'abord par le biais d'allusions déformées : un interrogatoire de police devant un fonctionnaire non rasé mais très poli, une interview menée par un journaliste avide d'informations qui griffonnait ses notes non pas dans un carnet mais sur une tranche de pain blanc, une épreuve de saut périlleux que je devais effectuer sur une gigantesque piste de cirque, observé avec curiosité par une tribune remplie de chimpanzés muets. Avec le temps, les allusions devinrent plus directes : à présent j'étais debout devant une table à laquelle étaient assis côte à côte Beerholm et Finzel, et je devais réciter les noms de tous les Européens de plus de soixante-quinze ans. Tandis que Beerholm me regardait d'un air désapprobateur parce que je ne savais pas quoi répondre, Finzel sortit un journal de sa poche, le contempla en souriant et se mit à le manger. Quelques semaines plus tard, ce genre de transpositions avait disparu. Dès que je fermais les yeux, la nuit, je me retrouvais devant un jury aux regards graves, composé de Finzel, d'un président sans nom ni visage, ma prof d'allemand, mon professeur de mathématiques et de français et enfin M. Gox, le prof de gym qui tenait en équilibre sur son nez un ananas brun recouvert d'écailles.

"Votre dissertation, dit la prof d'allemand sur un ton amical, est ridicule. Trop de digressions, trop de bavardages inutiles. Vous n'allez jamais à l'essentiel.

— Admettons, dit le mathématicien, qu'un plan coupe un prisme ; la figure qui en résulte est un carré. La question que je vous pose est la suivante : qui cela peut-il bien intéresser ?

— Vous savez danser ? demanda M. Gox.

— Du calme ! dit Finzel. Du calme, tout va rentrer dans l'ordre. Tirez donc une carte !" Sur quoi il me tendit un jeu minuscule au revers violet luminescent. M. Gox se mit à rire tout bas, son ananas vacilla puis dégringola et disparut sans bruit par un trou dans le sol. Il le suivit des yeux, secoua la tête et sanglota doucement.

"Eh bien, qu'y a-t-il ?" Finzel tapotait sur la table d'un air impatient. "Nous n'avons pas toute la nuit devant nous ; vous croyez peut-être que nous ne sommes là que pour vous ? Prenez une carte, allez-y ! Décidez-vous donc ! Qu'est-ce que vous voulez ?

— Je voudrais, chuchotai-je, me réveiller. Je voudrais me réveiller."

Finzel fronça les sourcils. "Vous réveiller, ah bon ! Bien." Et tout à coup je me sentis tomber ; l'espace se déforma comme si quelqu'un l'avait replié sur lui-même, le temps se lança dans un looping digne des montagnes russes. Pendant un moment, je glissai à travers un néant aux reflets blancs, puis je sentis quelque chose de stable enserrer mon corps. Quelque chose de moelleux. Mon lit.

Tout était silencieux. Je n'entendais que la respiration de Jean à l'autre bout de la chambre. Au-dessus de moi, au plafond, flottait une longue bande de clair de lune, une étagère de livres s'avançait dans la pièce comme un rectangle sombre. Je fermai à nouveau les yeux. Devais-je entrer dans les ordres ? Cette idée avait quelque chose de sévère et de militaire qui me plaisait. J'essayai de me représenter un monastère : de hauts murs, des cloîtres, un vieux puits, un potager. Le bâtiment que mon imagination érigea en toute hâte était un peu incohérent et comportait des éléments réemployés venant de l'Ecole internationale et de la maison de Beerholm. Je sentis le calme m'envahir et le sommeil se répandre lentement en moi comme de l'eau dans une cave inondée. Je me dirigeai vers le monastère, j'ouvris le grand portail – ce fut très facile – et j'entrai. Un couloir empierré rempli d'ombre, un vieil escalier aux marches usées. Je commençai à le gravir. Un nouveau couloir, des rayons de lumière tombent en oblique et divisent l'espace en diagonale ; on rentre involontairement la tête pour ne pas les heurter. Deux ou trois personnes passent devant moi mais je ne me donne pas la peine de leur attribuer un corps et un visage. Je fixe mon attention sur mes pas, je parviens avec peine à percevoir leur étrange résonance dans le silence. Et là-bas se trouve une porte. Je m'arrête, puis je m'en approche. Une plaque en cuivre sans inscription est fixée à hauteur des yeux – il faut à présent qu'elle reçoive un nom. Quelque chose d'original, en latin, peut-être… ? Ou plutôt quelque chose de simple : Weber, Schuster… non, tant qu'à choisir un nom d'artisan, autant mettre : Fassbinder*. Parfait, c'est simple et en même temps, je ne sais pourquoi, cela semble approprié. Je me concentre sur la plaque et là, tout d'abord sous la forme d'une ombre grise, puis de plus en plus nettement, des lettres apparaissent : *Père Fassbinder.* Maintenant, je devrais pouvoir entrer. Je frappe à la porte. Rien. C'est absurde, il y a forcément quelqu'un ; je le veux ainsi. Je frappe à nouveau. Et à présent je l'entends : une voix, qui dit quelque chose. Sans doute : "Entrez !" J'appuie sur la poignée, la porte s'ouvre d'un coup. J'entre.

C'était un bureau spacieux et bien aménagé. Des étagères de livres, des chaises, une table et une machine à écrire mécanique posée dessus. Derrière était assis un homme. Il devait avoir une bonne cinquantaine, il était de taille moyenne, replet, il avait des cheveux gris, un nez aquilin, des joues pleines, de larges sourcils. Il portait un costume noir à col blanc, au revers duquel étincelait une fine croix en argent. Il était assis là, tête baissée ; il ne leva pas les yeux au moment où j'entrai. Je m'arrêtai, déconcerté.

"Approchez-vous !" dit-il.

* *Weber* signifie tisserand, *Schuster* cordonnier et *Fassbinder* désigne au sens propre, en Allemagne du Sud et en Autriche, le tonnelier – bien qu'on l'associe davantage à un célèbre réalisateur allemand. *(N.d.T.)*

Sous mes pieds, une lame de parquet craqua ; je m'avançai prudemment vers la plus petite des chaises vides, m'assis, posai ma mallette et attendis qu'il me regarde. Il n'en fit rien. On entendait quelque part le tic-tac d'une pendule.

"Etes-vous venu, demanda-t-il, pour vous asseoir et vous reposer un peu ? Ou bien vouliez-vous me voir ?

— On m'a adressé à vous..." J'étais nerveux car il ne m'avait pas encore regardé une seule fois.

"Vous souhaitez entrer au service de l'Eglise ?

— Oui, monsieur le professeur.

— Voyez-vous cela. Votre âge ?

— Dix-neuf ans.

— Très jeune, donc. Vous en êtes tout à fait sûr ?

— Evidemment.

— Evidemment. Tous en sont persuadés. Mais comment un homme sensé peut-il se mettre une idée pareille dans la tête ? Un saint vous est-il apparu ?

— Pas que je sache.

— Et vous êtes certain d'avoir frappé à la bonne porte ? *Prêtre catholique ?* Quelqu'un vous a-t-il déjà révélé que vous n'avez pas le droit d'avoir de femme ici ? Avez-vous bien réfléchi à cela aussi ? Si vous n'êtes pas tout à fait sûr, renoncez-y ! Personne ne vous force. Pour être franc avec vous, j'aimerais autant que vous fassiez une croix dessus." Tel qu'il était assis là, penché en avant, avec son nez crochu, il avait comme un air de tortue. Je ne pus m'empêcher de sourire.

"Si j'interprète bien votre ricanement, vous avez l'intention de rester.

— Oui.

— Bon, Arthur Beerholm. Et pourquoi donc ?

— Dois-je répondre tout de suite ?

— Tout de suite."

Pourquoi étais-je précisément ici ? Dans la pièce voisine se trouvait sûrement quelqu'un de gentil et d'aimable !

"Parce que… deux fois cinq font dix. Parce que la somme des carrés des deux côtés de l'angle droit est égale au carré…

— Oh non ! gémit-il. Un de ceux-là. Etes-vous certain que vous ne préférez pas étudier les mathématiques ou la physique ou encore… la chirurgie dentaire… ?

— Bien sûr, dis-je sur un ton irrité.

— Bon. Comme je ne suis pas seulement votre professeur, mais aussi votre… euh… guide spirituel, je suis bien obligé, que cela m'intéresse ou pas, d'en savoir un peu plus à votre sujet. D'où vous venez, ce que vous avez fait jusqu'ici, quelles sont vos occupations, tous ces détails ennuyeux."

J'acquiesçai en silence, pris ma mallette, l'ouvris et en sortis un dossier que je posai sur son bureau.

"Mais qu'est-ce que vous faites ? demanda-t-il. Qu'est-ce que c'est ?

— Mon *curriculum vitæ*, dis-je. Ecrit à la main, avec un double tapé à la machine."

Il leva lentement les yeux vers moi. Un étrange regard oblique me frôla, je pris peur. Il sourit. "Vous n'avez pas remarqué que je suis aveugle ?"

Je sentis que je rougissais. "Excusez-moi !

— Oh, je prends cela comme un compliment, une preuve de ma réussite dans l'art de la simulation. Quant à vous, vous devriez développer vos dons d'observation, personne ne doit être en mesure de jouer la comédie face à un prêtre. Vous pouvez d'ailleurs laisser vos documents ici, je me les ferai lire. Et nous poursuivrons cet entretien une autre fois. Partez à présent, nous nous reverrons, et bien assez tôt."

Je me levai. “Merci beaucoup, monsieur le professeur.”

Il acquiesça sans rien dire, se tourna vers la machine à écrire et se mit à taper. Je le regardai avec fascination : une lettre après l'autre frappait le papier, et manifestement sans la moindre erreur. Je me retournai aussi discrètement que possible et je m'en allai sans bruit : cette fois, j'évitai la lame qui craquait.

“Arthur !” C'était dit sur un ton presque amical. Je m'arrêtai.

“Il apparut à Moïse dans le buisson ardent, détruisit Sodome, releva Isaïe. Il aime et Il hait. Il n'est pas un problème d'arithmétique.”

J'attendis, mais ce fut tout. Je murmurai alors un “au revoir” et sortis en refermant la porte. Devant la fenêtre, une rangée de maisons grises baignaient dans la clarté de l'après-midi. Des gens passaient devant moi, seuls ou en groupes, la plupart ressemblaient à des étudiants. Je contemplai la plaque en cuivre et l'inscription *Père Fassbinder* gravée dessus en noir, et j'essayai de me rappeler quelque chose, en vain. Le couloir s'allongeait devant moi, les tubes fluorescents diffusaient une lumière blanche étincelante. Dans la cage d'escalier flottait une âcre odeur d'ammoniaque, à la sortie m'attendait une porte tournante en verre ; quand je fus à sa hauteur, elle se mit automatiquement en mouvement. Pendant un instant, je fus entouré d'innombrables reflets pâles de moi-même, tous vaguement effrayés, qui me tournaient autour dans un léger ronronnement – puis je débouchai dans la rue.

IV

J'avais un petit appartement dans un quartier de la ville plutôt calme. Le papier peint comportait un agaçant motif floral dont le dessin m'obsédait ; sous les fenêtres s'étendait une petite place avec une vieille fontaine asséchée, jamais alimentée. En face se trouvait une quincaillerie et, en y regardant bien, on parvenait à discerner à travers la vitrine la silhouette du propriétaire, assis immobile dans sa boutique, attendant des clients qui ne venaient pas.

J'avais très peu de contacts avec les autres. Je ne connaissais, dans toute la ville, que quelques vendeurs dans des magasins lugubres, deux ou trois professeurs d'université et, bien sûr, une foule d'étudiants en théologie. C'étaient de curieux personnages. Beaucoup semblaient se trouver dans une continuelle tension intérieure ; leur malaise, qui se lisait sur leur visage, était lié à une question un rien moqueuse : "Mais pourquoi *justement* la théologie ?" Ils vivaient en hostilité avec un entourage qui, face à leur vocation, affichait une incrédulité amusée, recourait à des explications psychologiques ou manifestait d'un haussement d'épaules une totale indifférence, si bien qu'ils étaient toujours prêts à se défendre contre un sourire en coin.

Je ne m'entendais pas particulièrement bien avec mes collègues. Parmi eux se trouvaient de jeunes moines qui portaient des frocs et ressemblaient à des figurants dans un film en costumes. D'autres se voulaient progressistes et manquaient singulièrement d'humour. Une poignée d'entre eux désiraient bâtir une Cité de Dieu, un jour, sur une petite île dans les mers lointaines. Certains souhaitaient devenir professeurs de religion, le reste devenir prêtre, baptiser des hélicoptères et jouer aux cartes avec le maire le samedi.

"Vous vous croyez donc au-dessus du lot ? me demanda le père Fassbinder.

— Je crains que oui.

— L'orgueil, Beerholm, est un péché mortel.

— Comment puis-je y remédier ?

— Mais vous ne *voulez* pas y remédier. Cela vous plaît. Et c'est bien en cela que c'est un péché. Cent cinquante Notre Père pour votre pénitence."

Autour de moi s'étalait la grande ville : partout des êtres souffrant, luttant, heureux, malheureux, tous à la recherche de quelque chose qui ne me touchait pas. J'appartenais à un autre monde : un monde régi par les mathématiques, la Rédemption et la faute. Pourquoi espérer une réconciliation ? Il était écrit qu'un jour leurs maisons se consumeraient, le son des trompettes déchirerait ce ciel, les villes partiraient en fumée et un grand coup de vent éteindrait les étoiles.

De temps en temps, durant certaines nuits où l'espace qui m'entourait était spécialement vide et sombre, je sentais comme une légère fissure dans ma conscience. Je cherchais l'interrupteur à tâtons, ne le trouvais pas, le trouvais et m'asseyais sans savoir ni quelle heure il était ni où je me trouvais : parfois aussi, une sourde menace semblait tapie dans les fleurs du papier peint et je me surpris un jour à vouloir leur parler. Et jamais je ne pus me défaire du soupçon que quelque chose ouvrait les yeux dès que j'avais fermé les miens et me regardait m'endormir.

C'est à cette époque qu'il se passa quelque chose de nouveau.

Depuis deux jours j'avais un mauvais rhume, avec des maux de tête et sans doute aussi de la fièvre. J'allai malgré tout faire les courses. C'était un après-midi lourd et humide ; la pluie venait de s'arrêter, le soleil brillait et quelque part à l'horizon, à demi caché par un immeuble, flottait même un arc-en-ciel aux couleurs brouillées. L'affiche était collée sur la façade d'une maison touchant la boulangerie où je venais d'acheter la moitié d'une miche de pain. C'était un placard à peine plus grand qu'une simple feuille de papier à lettres, avec une impression en noir et blanc de mauvaise qualité. Je m'approchai, un peu distrait encore, l'esprit embrumé par mon rhume. J'éternuai et cherchai un mouchoir. Puis je me mis à lire.

Jan Van Rode
fait savoir
qu'il exécutera
quelques-uns de ses tours
dans une représentation publique.

En dessous se trouvaient la date, une heure et une adresse.

Donc lui en personne. Depuis longtemps on n'entendait plus parler de lui que comme auteur d'ouvrages spécialisés, de traités brefs et remarquables ; ses apparitions publiques étaient rares et singulièrement imprévisibles. Et une affiche si petite, si insignifiante... vraiment bizarre. Mais quelle chance !

Je regardai ensuite la date : c'était aujourd'hui. Ce soir ! Je notai le lieu, l'horaire et m'en allai, exalté.

Dans toutes les villes il existe des théâtres en sous-sol, des endroits mal aérés où d'obscurs comédiens jouent des pièces obscures devant un public obscur. Ce théâtre-ci se trouvait dans un quartier vraiment mal choisi ; à vrai dire, il n'y avait là que chantiers, gravats et grues qui s'élevaient comme des petites tours Eiffel dans le crépuscule. Le chauffeur de taxi eut des difficultés à trouver la bonne rue. Mais il finit par y arriver, et même à temps.

Une petite porte dans un mur en briques non crépi, une pancarte au-dessus, mais je ne me rappelle plus ce qu'elle indiquait. Plusieurs marches menaient à un vestibule où une jeune femme me vendit un ticket d'entrée. Le théâtre lui-même n'était pas grand : douze rangées de sièges devant une scène étroite. C'est en toussant que je cherchai ma place, la trouvai, m'assis. Quelques personnes étaient déjà arrivées.

Deux vieilles dames. Un monsieur bien habillé. Un homme portant d'épaisses lunettes, qui sortit aussitôt un crayon, un bloc-notes et pinça les lèvres, prêt à écrire. Une femme magnifique. Un jeune couple. Une dame avec un teckel minuscule sur les genoux. Deux hommes arborant l'insigne du Cercle de la magie. Il n'y avait guère plus d'une vingtaine de personnes au total.

Le silence se fit. Les deux hommes du Cercle chuchotaient encore ; quelqu'un dit "chhht !" et ils cessèrent. Le rideau s'ouvrit, Jan Van Rode apparut.

Il n'était pas grand. Des cheveux bruns, une barbe coupée court, des lunettes à fine monture. Il portait une veste en tweed avec des pièces de cuir rondes cousues aux coudes et dessous un pull-over en laine rouge. Il ressemblait à un professeur, un universitaire, un maître de conférences ès lettres ou sciences statistiques.

Il se dispensa de révérence, de paroles de bienvenue, de toute formalité. Il tendit sa main vide et la referma soudain sur un foulard en soie, qu'il lança en l'air d'un geste désinvolte ; le foulard déploya deux ailes bleuâtres et s'envola, c'était une colombe. L'oiseau décrivit un, deux, trois cercles au-dessus de nos têtes ; soudain il se désagrégea en un jet de flamme et une pluie d'étincelles argentées. Une des vieilles dames gémit doucement, le teckel aboya. Van Rode se retourna et fixa quelques secondes, devant lui, le sol nu. Non, il y avait là une chaise. Une chaise en bois ordinaire. Mais à l'instant encore… je me frottai les yeux, déconcerté, et tentai de réprimer un accès de toux. C'est alors qu'un tressaillement parcourut la chaise : elle commença à bouger. De façon hésitante au début ; quelques centimètres en avant puis en arrière, avec lourdeur et appréhension, comme si c'était interdit. Puis elle devint plus téméraire : elle s'élança soudain dans les airs, retomba avec fracas et resta plusieurs secondes immobile, effrayée par ce qu'elle avait osé faire. Puis elle revint lentement vers Van Rode qui la regardait en souriant d'un air amusé, mains dans les poches, et elle se mit à tourner autour de lui. Et entama une danse silencieuse, d'une grâce étrange : au rythme d'une musique imperceptible, elle sautillait de-ci de-là, se cabrait, tournait sur elle-même, s'arrêtait un moment en prêtant l'oreille avant de tourner en sens inverse. Surgit alors une deuxième chaise qui imitait tous les mouvements de la première – tourner, sautiller, tendre l'oreille, tourner – mais elle était un peu moins rapide, moins adroite, moins exercée. Une fois elle retomba sur ses pieds avant et non arrière, et l'on ressentit littéralement son effroi et la légère incertitude avec laquelle elle exécuta les figures suivantes, se demandant si quelqu'un avait remarqué quelque chose. Puis elle retrouva le bon rythme et, à partir de là, elle fit tout comme il fallait.

Jan Van Rode, lui, ne faisait rien. Il était debout et observait ; mais on sentait bien que tout cela n'était possible que grâce à lui, que c'était sa présence et rien d'autre qui animait les chaises. Quelque chose en lui suffisait, semblait-il, pour faire bouger, danser, flotter les objets autour de lui, pour insuffler une vie exubérante à des objets inertes. Et non seulement les deux chaises mais aussi moi, la femme derrière moi, l'homme au bloc-notes qui avait cessé de prendre des notes et même le teckel, devenu très calme, la queue basse, le poil légèrement hérissé – nous percevions tous la volonté de Van Rode, nous sentions tous qu'aucune loi de la nature ne viendrait s'y opposer.

Van Rode se tourna vers nous en souriant. Au bout de quelques secondes, on comprit qu'il attendait des applaudissements, que son numéro était terminé. Les chaises avaient-elles donc fini leur danse… et où se trouvaient-elles ? Elles n'étaient plus nulle part ; mais ce qui m'étonnait, c'était moins leur disparition que le moment où elle s'était produite. Pas d'éclair, pas de détonation, rien. Comment était-cc possible : j'étais resté très attentif et je n'avais pourtant pas remarqué qu'elles n'étaient plus là. Il y eut un applaudissement timide, puis un autre, et je finis par m'y mettre aussi.

Van Rode esquissa une révérence, se pencha en avant, s'appuya sur la table et attendit la fin des applaudissements. La table ? Oui, la table en bois massif qui était devant lui. Mais comment... ? Quelque chose me noua la gorge, une envie de tousser monta en moi ; je serrai les dents, l'effort me fit venir les larmes aux yeux. C'est alors qu'il sortit un paquet de mouchoirs de la marque Blanzi, tels qu'on en trouve au supermarché. Il l'ouvrit, prit un mouchoir, le déplia, le montra des deux côtés et le tendit devant le bureau qui fut recouvert en entier. Non, ce n'est pas ce que tu crois : le mouchoir n'avait pas grandi. Il avait les mêmes dimensions qu'avant, un mouchoir normal, vingt centimètres sur vingt, pas plus. Et pourtant il couvrait la table ! La table avait-elle donc rétréci ? Non, pas du tout. C'était la même grande table, solide, normale, pratique, qui n'avait changé en rien. Van Rode enleva le mouchoir, montra la table, le mouchoir, le tendit à nouveau devant la table, la table avait disparu. Une vague de chaleur m'enveloppa, mon front était humide au toucher. Le mouchoir, la table, les proportions qui s'entremêlaient. Mais, t'entends-je demander, que voit-on au juste quand un petit mouchoir recouvre une grande table ? Mon Dieu, je ne suis pas en mesure de le dire ; j'ai encore la scène sous les yeux et je ne l'oublierai jamais, mais je serais incapable de la décrire ou de la dessiner. C'était comme si la folie s'était emparée de moi, comme un rêve fiévreux, comme l'apparition du diable dans un miroir, c'était l'horreur absolue. J'entendais mon cœur battre et je vis comme un voile coloré s'interposer entre la scène et moi. Van Rode laissa tomber le mouchoir ; je le suivis des yeux mais le perdis quelque part en chemin, et il n'arriva pas jusqu'au sol. Van Rode fit un pas en avant, là où se trouvait encore à l'instant la table – la table ? – et s'inclina. J'essayai d'applaudir mais mes mains ne bougeaient pas ; elles n'acceptaient tout simplement plus aucun ordre venant de moi, comme si elles appartenaient à quelqu'un d'autre. Or j'aurais bien voulu déboutonner le col de ma chemise car l'air s'était entre-temps considérablement raréfié. Je levai les yeux.

Etait-ce terminé ? C'était terminé. Sans aucun doute. La scène était déserte, la lumière baissée jusqu'au jaune pâle. Et les rangées devant moi étaient vides. Je parvins à me retourner : j'étais seul dans la salle. Je me penchai en avant, rassemblai toutes mes forces et réussis tant bien que mal à me lever.

Je montai les marches, passai devant la caisse, débouchai dans la rue. L'air était froid, une odeur de caoutchouc brûlé venant d'un chantier flottait dans l'air.

En plaçant avec prudence un pied devant l'autre, j'arrivais à avancer. Le sol sous mes pieds me paraissait mou, presque vivant, quelque chose en lui réagissait à mes pas. Je m'appuyai contre la façade d'une maison, elle sembla s'enfoncer sous mon bras. Un ivrogne marcha dans ma direction, glissa, se rattrapa au poteau d'un réverbère, lutta quelques secondes avec acharnement pour retrouver l'équilibre et se volatilisa. Son odeur de vin m'effleura encore un instant. Bientôt je ne fus certain que d'une chose : je devais continuer. Chaque nouveau pas représentait un effort, une victoire sur cette chaude et accablante faiblesse de mes membres. Aller plus loin. Voilà tout. Ne pas rester ici.

Jusqu'au moment où un rectangle de verre prit forme devant moi. Une porte battante s'ouvrit, j'entrai en titubant et je m'appuyai contre la vitre fraîche. J'étais dans une cabine téléphonique. Je pris l'écouteur et l'approchai de mon visage. A présent, le numéro. Peu importe lequel, le premier numéro venu. Non, avant, de l'argent.

Je me mis à palper mes poches l'une après l'autre ; mais je le savais d'emblée : je n'avais pas de monnaie. Juste quelques billets qui ne me serviraient à rien.

Une étrange sensation de vertige me vrillait comme un tire-bouchon la tête, la gorge, la poitrine, le ventre. Assez ! La lune avait grossi, énormément grossi, elle recouvrait déjà la moitié du ciel. Je tendis la main vers les touches et commençai à composer un numéro qui avait, je ne sais d'où, ressurgi dans ma mémoire. Je sentis la résistance de l'appareil décroître et s'évanouir au bout de quelques secondes. Puis je perçus la tonalité. Il y eut un clic, une voix se mit à parler.

Je m'entendis encore dire quelque chose mais le son était déjà lointain, à peine intelligible derrière un écran de chuintements et de grésillements. Après quoi la cabine s'éleva dans les airs et une force invisible la projeta en une large courbe vers le ciel sombre et l'immense lune chatoyante…

Et ensuite ? Il existe des mondes situés en deçà de la raison et de la parole. Des bruits éloignés, une mer de nausées qui s'évapore lentement, une sensation de chute. Quelqu'un semble me poser une question, je semble y répondre. La réponse paraît insuffisante. Je continue de tomber. Je ne sais trop quand, cela s'arrête. Je me retrouve dans l'obscurité, dans l'absence de lumière et de son. Il me faut un certain temps avant que j'aie l'idée d'ouvrir les yeux.

Une surface grise et lézardée avec une lampe éteinte devant elle. Sous elle. Car la surface se trouve au-dessus de moi. Je suis allongé sur le dos. Le plafond d'une chambre.

Je suis dans un lit, dans une petite pièce qui n'est pas dénuée de tout confort. Une table légèrement bancale, une croix au mur, une chaise à accoudoirs. Et dedans, le père Fassbinder.

“Ce n’est évidemment qu’un pur hasard, dit-il. Je suis entré il y a une minute et je vais repartir tout de suite. N’allez pas vous imaginer que je n’ai rien de mieux à faire que de rester à votre chevet.

— Depuis combien de temps suis-je ici ?

— Mon cher, vous avez dormi plus d’un an.

— Quoi ?”

Il ricana. “Vous savez, parfois je suis presque navré d’être aveugle. Dommage que je ne puisse pas voir votre tête. Qu’est-ce que c’est que cette question idiote ? On vous a amené ici hier soir dans un état plutôt lamentable, à présent il est midi, vous avez donc dormi onze ou douze heures, pas plus.

— Mon sens du temps a été un peu perturbé.

— Ça m’en a tout l’air. Une grippe sérieuse, la version asiatique. Cela va durer un moment, mais ça passera.

— Où suis-je ?

— Là où vous avez toujours voulu être, Arthur : au couvent. Chez les sœurs de sainte Agathe de la Miséricorde. Leur tâche consiste à soigner les malades.

— Et comment suis-je arrivé ici ?

— Il semblerait que vous ayez eu un malaise la nuit dernière. Et peu avant de vous effondrer, vous avez appelé un taxi. Un taxi ! On reconnaît bien là le gosse de riches. Pas un médecin ni une ambulance – un taxi. Et vous avez donné mon adresse au chauffeur. La mienne, parmi tous les gens qui habitent en ville. Auriez-vous l’amabilité de me dire ce qui vous a pris ?

— Je ne m’en souviens plus.

— Au milieu de mon sommeil le plus profond, on me réveille à coups de sonnette et devant moi se tient un chauffeur de taxi en colère, dans les bras duquel vous vous trouvez et délirez tout seul. A minuit. Mon cher, j'ai déjà vécu pas mal de choses étranges, mais ça…

— Pardonnez-moi, dis-je d'une voix éraillée, si je vous ai causé des désagréments…

— Des désagréments ? Le mot est faible ! Vous avez d'ailleurs eu votre malaise dans un drôle d'endroit."

Mes poumons se contractèrent, une toux douloureuse monta en moi. Le père Fassbinder secoua la tête avec réprobation.

"Vous ne devriez pas parler autant. Reprenons : qu'est-ce qui vous a attiré là-bas ? Parlez !

— Une représentation de magie.

— Pardon ?

— Une représentation. De magie." Je tentai de m'expliquer mais je ne parvenais plus à produire le moindre son. Cela devait arriver : je n'avais plus de voix. "Il faut, chuchotai-je, que je boive quelque chose.

— Quoi ? demanda-t-il d'une voix coupante. Mon Dieu, parlez plus fort !

— Je ne peux pas.

— C'est bon. Je vous ai entendu ; je ne suis pas encore sourd." Il resta tranquillement assis, sans appeler qui que ce soit. Il ne m'avait pas compris. Je regardai désespérément autour de moi mais il n'y avait de sonnette nulle part.

"A propos, dit le père Fassbinder, vous n'avez pas l'air d'être vous non plus un si mauvais magicien. Le chauffeur de taxi a prétendu que vous l'avez appelé d'une cabine hors d'usage. Pas mal, comme tour. Il faudra que vous me le révéliez un de ces jours !"

Il se leva et retira de derrière sa chaise une fine canne blanche. "Bon rétablissement. Nous serons toujours là quand vous aurez besoin de nous."

Mes yeux s'étaient déjà fermés, je réussis à les rouvrir en rassemblant mes dernières forces et parvins même à murmurer un "merci !".

"Mais tout a ses limites. Ne vous avisez plus jamais de me tirer du lit à minuit !"

V

A l'âge de vingt-trois ans, je reçus les ordres mineurs. Un organiste invisible parcourait à tâtons les méandres d'une fugue de Bach. L'évêque était grand et majestueux, sa mitre étincelante. La chorale d'enfants, un groupe de jeunes garçons mâchant du chewing-gum et de jeunes filles à longues tresses qui bâillaient, chantait d'une voix étonnamment claire, juste et pure.

Après ma maladie, bien des choses avaient changé. Quand j'allai mieux, au bout de trois semaines, je pus rentrer chez moi. Ma crise paraissait surmontée, mon humeur devenait plus sereine. La vie me semblait plus facile.

Je pratiquais à nouveau la magie. Je m'y étais remis au sortir de ma maladie. Dès que ma fièvre avait baissé, j'avais persuadé une des sœurs de me procurer en cachette un jeu de cartes.

Et assez vite, tandis que ma conscience flottait encore dans un chaud brouillard de fièvre, mes mains retrouvèrent les bons gestes. Pour le saut de coupe. Ou la coloration : ma paume s'approchait d'une carte, le bout de mes doigts caressait délicatement sa surface, la sortait du jeu – et voilà que ce n'était plus la même. Pourquoi avais-je donc arrêté ?

J'avais pris un grand retard. Pendant mon absence étaient parus des ouvrages de Juan Tamariz, quelques études importantes provenant des œuvres posthumes de Diabelli et un nouveau traité, petit et complexe, de Jan Van Rode. Il s'agissait d'étudier tout cela.

Je partis peu après à Rome pour un semestre afin de finir mes études à la Gregoriana, l'université du Vatican. La ville baignait dans la chaleur, aucun nuage n'apparut dans le ciel pendant des semaines, le soleil brûlait sans pitié. Ce n'est que le soir, quand descendait la fraîcheur et que cette lumière atroce pénétrait dans les pierres, que cela devenait supportable.

Un jour, j'obtins une audience du pape. Il avait l'air malade et endormi ; j'embrassai son anneau d'or ; sa main exhalait l'odeur amère des vieillards. Il me demanda quelque chose mais sa voix était trop indistincte. Rien dans sa personne ne retenait l'intérêt, tout en lui n'était qu'absence et fragilité. Ses joues grises pendaient et on voyait que son dentier était mal fixé. Pourtant c'était l'homme le plus influent du monde, le représentant personnel de Dieu sur cette terre abandonnée. Quand il eut parcouru toute la rangée de ses visiteurs, il fit gauchement un dernier signe de croix et on l'emmena.

C'est alors que Beerholm mourut. On le trouva un après-midi à son bureau, la tête posée sur une pile de dossiers, le combiné du téléphone encore à la main, tandis qu'une sourde tonalité "occupé" résonnait faiblement dans la pièce. Je ne reçus aucun télégramme, seulement le faire-part de décès officiel encadré de noir. Je n'allai pas non plus à l'enterrement. A quoi bon ? Les tombes sont une aberration, un malentendu, qu'aurais-je été faire là-bas ?

Suivirent les quelques mois prescrits pour le recueillement et un sévère examen de conscience.

En pratique, cela consistait simplement à m'asseoir sur un tapis avec mes collègues en chaussettes pour chanter de petits cantiques au son d'un xylophone. Peu après, je fus donc autorisé à recevoir les ordres mineurs. La chorale d'enfants, l'orgue et l'évêque furent exaltants. Après quoi le père Fassbinder me proposa de le tutoyer.

"Ces dernières semaines, lui dis-je, j'ai fait des rêves si étranges…

— Oh non ! gémit-il. Tu pourrais me faire grâce de tout ça ?

— Non, pas ce genre de rêves. Il s'agit d'autre chose. Je marche dans la rue, une rue normale, j'ai même l'impression d'en reconnaître certains endroits. Et soudain je sens que je tombe. Ou que je suis sur le point de tomber. Comme s'il y avait un danger à proximité. Mais je ne le vois pas. Tout ce qui m'entoure évoque l'insécurité. Ou, pour décrire les choses autrement, c'est comme si j'avais oublié quelque chose à la maison. Quelque chose de très important. Mais je ne me rappelle plus ce que c'est. Ou pour le dire autrement…

— C'est bon, j'ai compris. Tu pars demain : deux mois à Eisenbrunn."

Le monastère d'Eisenbrunn se trouve dans une contrée sans charme et presque sans relief, recouverte autrefois de forêts gris sombre et aujourd'hui de résidences secondaires. Une autoroute à quatre voies passe tout près ; une ligne à haute tension imprègne l'air d'un léger bourdonnement électrique. Quelque part dans une grotte humide jaillit une source d'eau sulfureuse imbuvable – d'où le nom de l'endroit*. Un homme ingénieux a eu

* *Eisenbrunn* signifie littéralement "la fontaine ferrugineuse". *(N.d.T.)*

récemment l'idée de mettre cette eau infecte en bouteilles et de la vendre pour ses vertus curatives ; aujourd'hui, il gagne des millions. Le monastère possède des couloirs voûtés, un réfectoire humide, une chapelle austère, une bibliothèque remplie d'in-folios ennuyeux et illisibles. Quelques paisibles chemins recouverts de gravier se faufilent entre des carrés bruns plantés de légumes et il y a aussi un cloître où flânent les lecteurs de bréviaire. Une niche abrite une fontaine en pierre d'une perfection étonnante. Elle a souvent été photographiée. Par chance, l'aspect de l'eau ne trahit pas son goût.

Les moines d'Eisenbrunn ont fait vœu de silence. Un silence absolu. Cela signifie qu'ils ne doivent rien dire, à personne, jamais. Le dimanche seulement, l'après-midi, une demi-heure est consacrée au règlement des affaires de première importance. Seul l'abbé est en contact avec le monde extérieur ; seul lui a le droit de parler. Mais il le fait rarement et à contrecœur.

On m'avait attribué, d'un signe de la main, une petite cellule en pierre meublée d'un lit au matelas défoncé, d'une table en bois, d'une chaise en bois, d'une armoire, d'un lavabo attaqué par la rouille. Le mur d'en face comportait une fenêtre ; derrière elle on apercevait le ciel, quelques toits lointains surmontés d'antennes, un arbre.

C'est donc dans cette pièce que je me trouvais jour après jour, nuit après nuit. Je faisais parfois le tour du jardin et j'écoutais le gravier crisser sous mes chaussures. J'aurais volontiers creusé des trous, ratissé les plates-bandes, construit des murs de briques. Mais on me l'interdisait. Sais-tu que le silence, la véritable absence de bruit, est comme un bruissement ? Comme le son lointain d'un robinet qu'on ne peut pas fermer ?

Au début tout cela me semblait stupide. J'affichai donc un sourire ironique et décidai de voir la situation sous son aspect comique. Puis je m'aperçus peu à peu qu'elle n'en avait aucun. Alors cela devint insupportable. Mes cauchemars s'aggravèrent, le pire de tous étant cette longue journée lumineuse et bruissante qui n'en finissait pas. Ou quand j'étais dehors sous un ciel froid, entre des plants de légumes qui ne disaient mot. N'avais-je donc pas été toujours seul jusqu'à présent ? Non, je n'avais jamais été vraiment seul. Maintenant je l'étais.

Pendant quelque temps, j'éclatais en sanglots plusieurs fois par jour. J'eus à maintes reprises des crises d'hystérie, je sautillais en tous sens, je poussais des cris, je me laissais tomber sur le sol dur mais, comme nul ne s'en souciait, je finis par y renoncer. Je songeai sérieusement à tuer un des moines, juste pour attirer l'attention des autres. Une autre fois, je vécus une journée entière dans l'intime conviction que j'étais mort. Je devais être dans l'au-delà, un lieu en dehors des limites du temps, un enfer monotone et silencieux.

Sais-tu, au fait, qu'on se noie soi-même sous un flot de paroles ? Dans un coin de notre tête est assis un bavard qui parle, parle, parle depuis l'heure de notre réveil jusqu'à ces derniers mouvements qui précèdent le sommeil et se fondent dans l'obscurité. De quoi parle-t-il ? De tout. Du ciel et de la terre, des choses de ce monde et de bien d'autres encore. Il récite sans qu'on le lui demande des maximes philosophiques, passe à une conférence sur l'agriculture, se moque soudain d'un chapeau porté il y a de nombreuses années par un stupide directeur d'école, il commente les motifs en losange qu'il croit voir sur un mur blanchi à la chaux et, quand plus rien ne lui vient à l'esprit, il préfère répéter des slogans publicitaires ou fredonner les paroles d'une chanson à succès plutôt que la boucler une seule minute. Nous sommes emprisonnés avec lui, c'est notre compagnon de cellule à vie. Je ne peux te décrire ma haine à son égard. Je n'avais qu'une envie, c'était de l'arracher de mon cerveau. Si je me concentrais sur sa personne, parviendrais-je à l'étouffer ? Un seul instant de silence total ne le ferait-il pas disparaître pour toujours, de même qu'une flamme s'éteint lorsqu'elle ne reçoit pas d'oxygène, ne fût-ce qu'une seconde ? Je fermai les yeux, ne bougeai plus, cessai de respirer et fixai toute mon attention sur le néant noir et bruissant autour de moi. Un long moment vide s'écoula, puis – d'une voix distincte, claire, neutre – je l'entendis dire : "Une bière à tout moment, quelle joie, quel ravissement !" Il réfléchit brièvement avant d'ajouter : "Maymart. La cigarette pour l'homme. Pour l'homme. Le vrai."

Et c'est ainsi qu'il arriva : l'instant du désespoir extrême, ultime, absolu. Je ne pleurai pas, c'était déjà fait. Je ne bougeai pas, je n'ouvris même pas les yeux. Je ne fis strictement rien. Je l'écoutai en essayant d'accepter cette certitude, venue d'on ne sait où, qui s'était abattue sur moi, à savoir que je ne lui échapperais pas, jamais. Il serait à mes côtés toujours et partout, jusqu'à la fin des temps. Il entrerait avec moi dans l'autre monde, dans tous les autres mondes. Et c'était de moi qu'il s'agissait. Parfaitement. Cet idiot en train de chantonner des slogans publicitaires, c'était mon âme.

Là-dessus j'allai me coucher et je dormis deux jours d'affilée. Je suppose du moins que c'était deux jours, je l'ignorais à l'époque. Je ne regardais pas ma montre avant de m'endormir et je ne le faisais pas non plus à mon réveil. Je crois que j'avais oublié que le temps existait, qu'il se composait d'autre chose que de l'alternance de la clarté et de l'obscurité dans ma cellule et de ce bruissement, ce bruissement qui ne variait jamais...

Ce qui me réveillait, c'était la faim. J'avais mal à la tête. Et il fallait bien que j'aille aux toilettes. Tout cela concourait à faire naître un pénible sentiment de frustration et de dépendance physique. Ah, et il fallait aussi que je me rase. Il y avait tant à faire pour arranger ce bloc de matière informe qui m'appartenait et que je laisserais pourtant, un jour, tomber comme un vêtement passé de mode.

Je traversai d'un pas lourd l'écho des couloirs en pierre pour me rendre au réfectoire où un inconnu me servit sans rien dire un morceau de pain humide, une soupe insipide et un fond de café. Je repris peu à peu mes esprits.

A partir de là, mon état s'améliora. Je n'avais plus de crises d'hystérie ; je sentais que je devenais plus calme. Le silence était désormais moins menaçant. Une nuit, je me trouvais à la fenêtre. Le temps était clair, le ciel très noir. Et dans le ciel scintillaient faiblement une multitude d'étoiles. Soudain, pour la première fois de ma vie, je compris que ces millions de soleils existaient bel et bien, qu'ils étaient tous là au complet et que ce n'était pas une écriture qu'il s'agissait de déchiffrer, ni un symbole de ma destinée, ni un tableau peint avec art. Ils n'avaient aucun lien avec moi, ils étaient là au loin, ils n'avaient pas besoin de moi. Et, curieusement, c'était une certitude apaisante. Je me retrouvai peu après dans mon lit et tentai de me représenter chaque corps céleste en mouvement, chacun traversant la nuit en suivant sa propre trajectoire ; rien n'était au repos. Où était donc le minuscule point immobile, cet espace vide autour duquel tous les corps tournaient ? Il fallait le trouver… mais peut-être n'était-ce même pas la peine. Peut-être que, ce point, c'était moi.

Plus tard, je me réveillai à nouveau ; j'avais fait un long rêve étrange. Je me levai et allai à la fenêtre. Les étoiles étaient toujours là. Elles brillaient d'un éclat froid mais je savais que chacune d'elles était faite de feu et provenait d'une flamboyante catastrophe cosmique. Elles étaient en train de se consumer et tôt ou tard elles seraient refroidies. Au cœur de la terre brûlait de la lumière ; mais lentement, très lentement, elle perdait de sa force. Je me frottai les yeux et retournai me coucher.

Quand je me réveillai, il faisait jour. Le soleil avait déjà parcouru un tiers de la hauteur du ciel, un hélicoptère passa en bourdonnant comme un insecte, une église fit sonner sa cloche fêlée. Dans un angle de la fenêtre une petite araignée était installée sur une toile brillante de rosée et, entourée de diamants, attendait ses victimes. Une corneille se posa dans le jardin et picora le sol à la recherche de vers. Le ciel était bleu, vaste et nuageux, la toile d'araignée tremblait dans le vent. L'araignée prit peur et glissa le long de son fil. Au loin un chien aboyait.

J'enfilai mon manteau et sortis. Un chemin boueux partait d'une entrée latérale du monastère pour se dérouler jusqu'à l'horizon où il disparaissait entre deux petites collines. Une odeur de terre et d'herbe humide flottait dans l'air ; le vent forcit. Il s'en prit à mon manteau, me tira les cheveux et me plaqua sur le visage une feuille à trois dents légèrement rouillée qu'il avait arrachée à un arbre solitaire – celui qui se trouvait devant ma fenêtre. Je ne pus m'empêcher de rire et, à cet instant précis, il se mit à pleuvoir. Je levai les yeux avec surprise et, en effet, un amas de nuages jaunâtres s'était glissé devant le soleil et projetait une large ombre mouillée sur la terre. La pluie tombait à grosses gouttes : je boutonnai mon manteau, relevai le col et continuai mon chemin. L'eau ruisselait sur ma tête, le sol se liquéfiait sous mes pieds en une substance brune, et tout autour de moi les gouttes crépitaient, rebondissaient, giclaient, les brins d'herbe ondulaient comme s'ils étaient vivants. Derrière moi le couvent ressemblait à un gros animal tapi contre le sol. La pluie redoubla, le vent prit son élan et m'asséna une claque sonore et humide. Je ris de nouveau et me retrouvai sous une averse sombre et grondante. Tout l'air qui me séparait du ciel semblait s'être transformé en trombes d'eau ; la terre entière voulait se dissoudre. Bientôt, mon corps tout entier serait mouillé. Et pourtant je restai immobile.

Le père Fassbinder était assis à son bureau. Devant lui se trouvait sa machine à écrire ; les touches cliquetaient sous ses doigts. Il ne tourna pas la tête vers moi et cela me déconcertait toujours, à chaque rencontre. Je m'assis, me frottai les mains avec nervosité et attendis.

"Voilà – alors ? Ça t'a fait du bien ? Toujours torturé par tes rêves ?

— Non, c'est fini.

— Bien. Dans ce cas, tes doutes se sont envolés, j'imagine ? Tu sais maintenant ce que tu veux ?

— Je ne veux pas devenir prêtre."

Ses mains se soulevèrent du clavier, flottèrent un instant en l'air, tendues à plat, puis retombèrent. Voilà, je l'avais dit. J'avais eu cet instant devant les yeux durant deux nuits d'insomnie. A présent, il était là.

Le père Fassbinder se renversa lentement dans son fauteuil et se tourna vers moi ; les ressorts grincèrent. Il semblait soudain amaigri, et ses traits creusés. Je n'osai pas le regarder.

"C'est une erreur, et tu vas la regretter. Réfléchis bien à ce que tu fais ! Si tu pars maintenant, tu découvriras bientôt que tu avais tort mais tu ne reviendras pas pour autant. Tu es orgueilleux, Arthur.

— Je vais t'expliquer...

— Tu n'as rien à m'expliquer. Et ce n'est pas la peine d'inventer des arguments, ce n'est pas de cela qu'il s'agit. Il s'agit de prendre une décision qui concerne ta vie. Il est encore temps. Si tu as vraiment des doutes, alors va-t'en. Tout de suite et pour toujours. Ce n'est pas toi qui nous fais une faveur en venant chez nous, c'est nous qui t'en faisons une en t'acceptant. Personne ne peut nous accorder la moindre grâce, car il n'est de grâce qui ne vienne de nous. Sans nous, le monde deviendrait cet endroit étriqué et monotone qu'il est déjà pour la plupart des gens. Ils ne le savent pas, mais c'est nous qui leur donnons leur dignité. Sans nous, ce sont des singes qui se croient meilleurs que les autres. Nous n'avons besoin de personne. Et de toi non plus."

J'avalai ma salive ; j'avais la gorge sèche. Or il y avait tant à dire. Ces nuits interminables qui se traînaient seconde après seconde vers une aube blafarde ; et plus aucune pilule ne me faisait dormir. Je sens encore l'eau faire rage autour de moi, le sol s'écouler sous mes pieds et soudain tout – la terre, le ciel, l'herbe, la pluie et l'arbre solitaire fouetté par le vent –, oui, tout me disant cette même phrase : Tu ne le deviendras pas. Pas toi.

"Il est de mon devoir de te dire la chose suivante : le doute, mon cher, est un péché mortel. Il n'a, contrairement à ce que prétendent certains esprits cyniques et spirituels, rien d'amusant. Persister dans le doute tue. Tu n'es pas obligé de précipiter les choses. Tu peux prendre un congé d'une année."

Je fis non de la tête. "Je crois que ce n'est plus nécessaire. Ma décision est prise.

— Si tu changeais d'avis, viens me voir. Jamais nous ne laisserons mourir de faim ceux qui ont été liés avec nous. Tu es des nôtres, Arthur, et tu ne pourras rien changer à cela, jamais."

VI

Obtenir l'adresse de Jan Van Rode fut d'une difficulté inouïe. Il était président d'honneur du Cercle de la magie mais, comme je n'en étais pas membre, on ne me donna aucune information. J'eus beau soudoyer un magicien médiocre, il put seulement me dire que l'association avait perdu tout contact avec Van Rode et qu'il ne payait plus sa cotisation depuis douze ans. Il ne figurait dans aucun annuaire téléphonique ni professionnel ; et le *Who's Who* mentionnait son nom, mais sans adresse.

Il y a plusieurs façons d'aborder ce genre de problème. On peut prier Dieu. On peut chercher sans fin dans des endroits plus louches les uns que les autres. On peut adresser des requêtes à des gens influents. Ou bien on peut contacter un détective privé, lui exposer les faits et, une semaine plus tard, on obtient ce qu'on cherchait.

C'était une petite maison absolument semblable à celles qui l'encadraient en alignement continu. Deux fenêtres en hauteur béaient sur la rue ; près de la porte se trouvait une poubelle noire en plastique.

Bien sûr, j'aurais pu sonner. Mais que faire s'il était sorti ou – pire encore – s'il travaillait ou prenait un bain ? Je ne pouvais pas me permettre d'être éconduit. Je n'avais qu'une seule chance.

J'observai sa maison durant trois jours. Je m'étais procuré une voiture de location que je garais de l'autre côté de la rue. Une nuit passa, le jour revint. Des enfants portant des cartables trop grands dévalaient la rue, des hommes avec des attachés-cases montaient dans des voitures et s'en allaient. Des balayeurs soulevaient des tourbillons de poussière, des femmes passaient devant moi les bras chargés de sacs à provisions. Les enfants revenaient. Le ciel, à l'est, s'assombrissait ; à l'ouest brillait une lueur rouge. Les voitures revenaient, les hommes en descendaient et rentraient d'un pas lourd dans les maisons. Des cheminées montait une fumée de flocons gris. L'obscurité tomba ; l'éclairage public s'enclencha. Aux fenêtres de Van Rode la lumière s'alluma et une ombre allongée se profila au-dessus des rideaux. Un quartier de lune s'éleva dans le ciel puis se recoucha, une poignée d'étoiles scintillaient. Vers une heure et demie, je m'endormis.

Le lendemain, rebelote. Des enfants, des hommes, des balayeurs. Puis des femmes et des chiens. Puis plus rien pendant longtemps. Puis le retour des enfants, le crépuscule, le retour des hommes. De la fumée. Voilà, pensai-je, c'est cela la vie. Et rien d'autre.

A ce moment-là, il se passa quelque chose : la porte d'entrée de Van Rode s'ouvrit, une femme sortit et jeta un sac en plastique dans la poubelle. Elle était petite, avait des cheveux noirs coupés court, la cinquantaine. Elle semblait gentille. Peu après, les fenêtres s'illuminèrent à nouveau. Et la nuit commença.

Je me réveillai vers six heures, avant même le lever du soleil. Je m'étais rarement senti aussi reposé. Peut-être, pensais-je, devrait-on dormir plus souvent dans sa voiture, voilà peut-être le remède secret contre l'insomnie. Tout se déroula comme les deux jours précédents, et sans doute comme chaque jour. Je ne ressentais plus l'ennui, un calme absolu régnait en moi, j'étais devenu simple spectateur. J'aurais pu passer ma vie assis là.

J'avais quel âge, au fait ? Je m'embrouille vite quand je cherche des repères chronologiques dans mon existence ; mes capacités mathématiques si fiables d'habitude se dérobent lorsqu'elles doivent ordonner mes années en un tout cohérent. Comme si ma vie, au même titre que n'importe quelle autre, ne se composait pas d'heures, de minutes et de secondes dénombrables. Depuis combien de temps m'étais-je soustrait à la fonction suprême ? Un an et demi, voire deux ans. Qu'avais-je fait entretemps ?

Rien d'essentiel. Je me consacrais, au sens le plus simple et le plus concret du terme, à ma survie. Mon livret d'épargne, crédité en des jours meilleurs d'un avoir presque inépuisable, avait désormais à peine plus de valeur que le fin papier bleuâtre dont il se composait. Il fallait que cela change. Que savais-je faire au juste ? Ma foi, je savais skier et jouer au golf. J'étais honnête en géométrie descriptive et analytique ainsi qu'en algèbre supérieure. Je connaissais superficiellement Origène, saint Augustin et saint Thomas, mais Pascal d'assez près. Ma connaissance des langues était limitée. Mais, avec un jeu de cartes entre les mains, je pouvais à peu près tout faire.

Quel autre choix me restait-il ? L'idée de faire de ma passion et de mon plaisir un gagne-pain me répugnait. Mais que diable, chacun doit survivre, y compris moi. (Et de nouveau, ma voix intérieure me pose sournoisement une question toute simple : "Pourquoi ?") Pendant bien trois jours je fis le tour des bars, des restaurants, des fast-foods et des troquets miteux baignant dans un brouillard d'huile, et offris mes services à des patrons indifférents. Je finis par en trouver un qui était prêt à m'engager pour un maigre salaire.

C'était une boîte de nuit ringarde, sans lumière, avec une aération défectueuse et qui, pour couronner le tout, s'appelait *Chez Janine*. Le propriétaire, Fred Raspowitz, avait des cheveux gris et des cernes profonds sous les yeux parce qu'il ne dormait jamais. Il avait l'air si pitoyable que je n'eus pas le courage de lui réclamer plus d'argent qu'il ne m'en proposait ; et c'est sans doute la raison pour laquelle il m'embaucha sur-le-champ.

Je me produisais tous les soirs vers dix heures, à la suite d'une chanteuse plus que sexagénaire, au visage luisant de fard, et qui interprétait, accompagnée au piano, une étrange version de *Where Have All the Flowers Gone ?*. En général, j'allai de table en table pour faire une brève démonstration de cartes. J'avais conçu moi-même cinq des tours dont trois obtinrent deux ans plus tard le grand prix de l'Escamotage. Je n'affirmerais pas que le public s'en soit rendu compte. Il se composait principalement de gens aux visages figés d'agents d'assurances ; il s'agissait pour la plupart de petits employés qui se croyaient plongés dans un monde marginal et mal famé. Ils suivaient ma prestation avec un sourire inexpressif et un peu las ; de temps à autre, ils m'interrompaient en applaudissant mécaniquement.

Avais-je touché le fond ? Non, pas tout à fait. Un matin, tandis que je partais de *Chez Janine*, un petit homme portant des favoris et un nœud démodé me tapa sur l'épaule. "Reggeweg", dit-il en s'inclinant. Pendant un moment je songeai à chercher du secours, puis je compris que c'était son nom. "Alvin Reggeweg. J'ai une proposition à vous faire." Il se tut, mit un index devant sa bouche et tourna la tête à gauche, à droite, à gauche. Il finit par se convaincre que personne ne nous écoutait. Il n'était pas très facile à suivre ; il parlait vite, s'empêtrait dans des phrases trop longues, s'arrêtait, recommençait depuis le début. Il tentait péniblement de me dire quelque chose à mots couverts ; je compris peu à peu qu'il ne voulait à aucun prix révéler ce dont il s'agissait réellement. En outre, j'étais distrait par sa ressemblance amusante avec – avec qui, au juste… ? Ah oui – je fus saisi d'un rire que je déguisai maladroitement en accès de toux –, le nain de jardin ! L'ami de mon enfance. Le vieux nain décoloré et rongé par les dents du temps dans un recoin du jardin de Beerholm. La ressemblance était frappante : le nez, les yeux, la barbe et même le petit nœud papillon. Etait-ce mon imagination qui l'avait recréé, morceau par morceau, un poil de barbe après l'autre… ?

Ce qu'il dit se résumait à ceci : tout près d'ici se trouvait un bar passable comportant une arrière-salle. Une fois par semaine, des personnes s'y retrouvaient autour d'une table pour jouer au poker. C'est là qu'il voulait m'emmener. Pour gagner.

"Quel est donc votre métier ? demandai-je.

— Je pose des tuyaux. Pour l'eau. Des conduites d'eau.

— Bon. Alors écoutez-moi bien, Alvin : n'y comptez pas ! Disparaissez !"

Visiblement, j'avais été assez clair. Reggeweg me tendit – "au cas où vous changeriez d'avis !" – une carte de visite et s'en alla à petits pas, en se tenant très droit. Je le suivis des yeux et mis sa carte dans la poche de ma veste.

Je l'appelai trois semaines plus tard. Je te jure que je n'avais pas d'autre choix. J'avais besoin d'argent, et vite.

Je te passe les détails ! L'endroit en question était à peu près comme je me l'étais imaginé. Il y avait une veuve, un carreleur, un pompier et plusieurs retraités. Ils misaient des sommes étonnamment élevées et, bien entendu, ils perdaient. Je gagnais et partageais avec Reggeweg ; il avait proposé cinquante-cinquante, j'avais insisté et obtenu soixante-quarante. Nous nous rencontrions une fois par semaine et je dévalisais ces pauvres gens.

C'était tout le vieil arsenal pitoyable de la tricherie. Des paquets de cartes préparés à l'avance et glissés à la dérobée dans le jeu au moment propice. Se tromper en comptant les cartes, en les mélangeant, en les distribuant. Des as dans une servante cachée non pas dans la manche, comme tout le monde le croit, mais sous le revers de la veste. Et pour finir un crayon khôl décapuchonné dans la poche ; on l'effleure avant de saisir une carte et elle sera marquée, mais personne ne le verra. A dire vrai, je rougissais plus de mes techniques éculées que des profits que je leur devais. Voilà donc, pensai-je, mon châtiment. Si au moins Il me réduisait en poussière ou me faisait brûler dans le feu de Sa colère. Mais non, Il m'a destiné à l'arrière-salle, à la petitesse, à la tromperie mesquine, aux péchés misérables d'une vie étriquée.

Personne ne remarquait quoi que ce soit. Tous avaient l'habitude de perdre et se rendaient à peine compte que leur argent n'allait soudain plus à l'un ou à l'autre, mais toujours au même.

Je vécus ainsi pendant plus d'un an. Six nuits passées *Chez Janine*, la septième à jouer au poker. Un peu de sommeil entre cinq heures du matin et midi, induit par de puissants produits chimiques. L'après-midi je lisais des ouvrages spécialisés, buvais beaucoup de café et élaborais des tours de magie.

Je me sentais mal à l'aise et nerveux, j'avais l'impression grandissante de ne pas être à ma vraie place. Je fumais de plus en plus et j'avais sans cesse besoin de comprimés délivrés sur ordonnance et remis sans ordonnance par des pharmaciens complaisants. Il n'y a qu'un seul moyen, pensai-je, pour sortir de cette situation.

Il fallait que je devienne bon, vraiment bon. Et si possible mieux que cela : excellent, et mieux encore : parfait. Voilà, je devais atteindre la perfection.

Mais comment faire ? Je maîtrisais le métier, je le pratiquais tous les jours en affinant mes techniques. Je connaissais la littérature spécialisée et me tenais au courant, autant qu'il le fallait, des innovations. Plus aucune passe, pas même le saut de coupe, la coloration ou le mélange Faro ne me posaient problème. C'était essentiel, mais de loin pas suffisant.

Ce que je devais encore acquérir, c'était l'état d'esprit adéquat. Entre le tour de passe-passe (utilisons pour une fois ce terme honteux) et l'Autre, l'inaccessible, notre jardin interdit, l'objet insaisissable de notre désir, se trouve une mince frontière infranchissable : la manipulation. Nous dépendons d'elle et cette dépendance nous sépare de ce que nous simulons. Quand je passe la main sur une carte et la fais changer de couleur sous le bout de mes doigts, je lui substitue en réalité une autre carte grâce à une technique d'empalmage. Et même si personne ne le voit, *moi*, je le sais. Là résident ma honte secrète et mon échec. Tant que je sais que j'utilise des trucs, je ne suis qu'un pauvre charlatan, et chacun de mes mouvements, de mes mots, de mes gestes traduira la gêne liée à ce savoir. Pourquoi la plupart des magiciens, même lorsqu'ils maîtrisent très bien leur affaire, ont-ils un air aussi pitoyable ? Pour cette raison. Parce qu'ils se trouvent bêtes. Parce que quelque chose en eux ne peut oublier qu'ils sont incapables de faire de la magie, qu'ils n'ont aucun pouvoir sur la réalité, pas même sur ce petit jeu de cartes entre leurs mains. Pour dire les choses clairement et en toute brutalité : notre art repose sur un mensonge.

Dans ces conditions, que faut-il donc faire ? Exécuter l'empalmage en oubliant qu'on est en train de l'exécuter. Regarder avec un étonnement incrédule la carte qui se colore. Ne pas savoir ni observer ce que fait sa propre main. Laisser les trucages et les passes secrètes sombrer dans la pénombre de l'inconscient. Autrefois, les prestidigitateurs se jaugeaient en déterminant celui qui était capable d'effectuer le plus grand nombre de sauts de coupe en une minute. Mais c'est absurde : le meilleur n'est pas celui qui en fait cent vingt en soixante secondes, mais celui qui en réussit un seul sans que cela laisse la moindre empreinte dans sa conscience. Le saut de coupe n'a alors même pas besoin d'être très précis. Crois-moi, même le public le plus attentif ne remarquera pas un geste auquel tu ne penses pas. Aucune cape d'invisibilité ne dissimule aussi bien qu'une parfaite nonchalance. Si c'est difficile à atteindre ? Mais bien sûr, diablement difficile. Comme tout ce qui est sublime.

Je me mis donc au travail. Tous les jours, entre mon réveil à midi et mon départ pour me rendre *Chez Janine*. Je m'entraînais encore et encore. J'allais me promener, j'observais la ville et tentais de me persuader que c'était quelqu'un d'autre qui voyait tout cela, ou personne, en tout cas pas moi. J'étalais des jeux de cartes en éventail, je fixais mon attention sur eux tout en essayant de faire le vide dans mon esprit ou de me représenter ce vide lui-même. Il fallait que je m'exerce à une forme de folie douce et savamment calculée. Amener une carte à un endroit précis, puis s'étonner de l'y retrouver – on peut aussi appeler cela de la démence. Je devais apprendre à tromper ma raison toujours en éveil. A duper non seulement une horde de spectateurs crédules mais aussi et surtout moi-même.

Je conçus un nouveau spectacle : une brillante entrée en matière d'Ascanio, trois numéros de mon invention, les rois flottants de Jan Van Rode, un enchaînement de mon cru, la coloration des cartes de Librikov et un effet final d'après une idée de Tamariz que j'avais perfectionnée. Au début, je m'exerçais devant le miroir, puis à mon bureau, à vitesse normale, deux fois moins vite, deux fois plus vite, au battement rigoureux d'un métronome. Je m'entraînais les yeux fermés, en lisant le journal ou en récitant de longues balades que je m'étais échiné à apprendre par cœur. J'ordonnais à mon réveil de m'arracher à la chaude nébuleuse du sommeil profond à dix heures du matin, tout cela pour me réveiller en sursaut, saisir les cartes, faire défiler mon programme en bâillant et me rendormir.

Puis, après plus d'un an, après trois cent soixante-dix jours voire davantage, après plus de trois mille répétitions, j'en eus fini. Tout m'était favorable : il faisait beau, la ville étincelait et semblait presque propre. Je me sentais reposé et prêt à accomplir de nouvelles choses. Si je ne me trompe pas, c'était même le jour de mon anniversaire.

Je m'assis, fermai les yeux et me concentrai. Je n'étais pas un magicien, je n'avais jamais exécuté le moindre tour, je ne savais rien. Je n'étais personne, un spectateur anonyme. J'ouvris les yeux. Les fleurs du papier peint luisaient faiblement, des flots de lumière dorée se déversaient par la fenêtre. Allons-y.

C'était de la magie. Les cartes se coloraient toutes seules dès que mes doigts s'approchaient d'elles ; d'eux-mêmes les rois s'élevaient, flottaient dans l'espace en frissonnant, redescendaient et se posaient sur la table. Les cartes se déplaçaient dans le jeu, de haut en bas, de bas en haut, du centre vers ma poche de poitrine. Quant à moi, je ne faisais strictement rien ; tous ces morceaux de carton avaient pris vie et voulaient me montrer ce dont ils étaient capables. D'une foule de choses. C'était de la magie.

Quand ce fut fini, je restai assis sans bouger. Je sentais mon cœur battre, une douce béatitude parcourait mes veines.

Je présentai mon nouveau spectacle dans la soirée. Je m'installai à la première table, déposai les cartes sur la nappe en velours vert, souris à l'assemblée et commençai. Les cartes dansaient entre mes mains ; chacune d'elles savait ce qu'elle avait à faire, chacune accomplissait sa tâche. Renversé sur ma chaise, je les observais avec calme et enthousiasme.

Le numéro prit fin. Et personne n'applaudit. J'attendis, mais il n'y avait toujours personne pour applaudir. Je levai la tête : douze yeux me fixaient, six visages blêmes. Je n'avais encore jamais vu de telles expressions. Crainte, incompréhension, stupeur mêlée d'effroi. Et toujours pas d'applaudissements. Je me levai, m'inclinai en silence et allai à la table suivante.

Le lendemain, Raspowitz m'augmenta. Dans les semaines qui suivirent, la clientèle se fit soudain plus nombreuse et de plus en plus souvent la salle affichait complet. Un soir, des applaudissements retentirent lorsque j'entrai dans la salle ; peu après parut dans un journal local un article à mon sujet, des lignes de texte accolées à une photo floue.

Le matin du dimanche suivant mon spectacle, je rendis visite à Raspowitz dans son bureau crasseux (colonisé par des mouches et des factures antédiluviennes) pour lui faire officiellement part de ma démission. Sans préavis.

"Mais pourquoi ? s'écria-t-il, le souffle coupé. Quoi ? Pourquoi ? C'est à cause de l'argent ?

— Non, dis-je, ce n'est pas cela. Je vous suis très reconnaissant pour tout, vraiment. Il s'agit de raisons personnelles.

— Qui vous a débauché ? Où allez-vous ?

— Chez mon professeur."

A présent, j'étais libre. Je louai une vieille Volkswagen et je me mis en route.

Je pris une chambre dans un petit hôtel défraîchi à la périphérie de la ville où habitait Van Rode, à proximité de sa maison. Je me contentai d'y déposer ma valise, j'informai le vieil homme à la réception, remontai en voiture et roulai jusqu'à la maison de Van Rode, devant laquelle j'attendis trois jours et deux nuits.

Et même quelques heures de plus. Il était presque midi. Je bâillai, mordis dans un sandwich au jambon dur comme du cuir et sirotai une canette de limonade tiède. Je bâillai à nouveau et fermai les yeux. Rien qu'un instant. En les rouvrant, je le vis.

Lui en personne. Il était sans lunettes ni barbe, et vêtu en outre d'un pantalon de jogging flasque couvert de taches grises, mais je le reconnus aussitôt. Il s'avança sur le trottoir, cligna des yeux dans le soleil et regarda autour de lui d'un air légèrement indécis. Maintenant ! C'était le bon moment, il n'y en aurait pas de meilleur. L'heure était venue : tout se décidait là. Je me préparai à formuler une prière hâtive, quelques mots sur la grâce, mon âme, l'espérance et la confiance, puis j'y renonçai. Allons-y ! J'ouvris la portière et sortis.

VII

Je me sentis faiblir ; si je ne m'étais pas appuyé au toit de la voiture, je serais tombé sur les genoux. J'étais resté trop longtemps assis ; mes pieds étaient engourdis et de petits frissons électriques remontaient en dansant le long de mes jambes. Je fis un pas vers Van Rode, puis, avec prudence, un second. Pour couronner le tout, je ne m'étais pas rasé depuis trois jours et je devais avoir une allure plutôt étrange. Jan Van Rode, le plus grand magicien de son époque et de la mienne, me lança un regard inquiet. Et lorsqu'il comprit que je me dirigeai bien vers lui, il recula lentement.

"Excusez-moi ! m'écriai-je. J'aimerais vous... Il faut que je vous voie. Je dois vous parler."

Il fronça les sourcils et tourna la tête vers la porte d'entrée mais elle était fermée. "Je crois, dit-il en glissant la main dans la poche de son pantalon, que vous me confondez avec...

— Sûrement pas !" dis-je et, mes jambes retrouvant peu à peu leurs forces, j'arrivai à sa hauteur. Il baissa les yeux en direction de ma main gauche, je suivis son regard et remarquai que je tenais toujours le sandwich au jambon. Je le lâchai, il s'écrasa avec un bruit sourd en salissant le bitume et resta là, sans vouloir disparaître. Dieu que je haïssais ce sandwich au jambon, autant que mon pire ennemi.

“Sûrement pas ! répétai-je. Je m’appelle Arthur Beerholm. Je viens pour que vous me donniez des leçons.

— Des leçons ? demanda-t-il et il sortit discrètement de sa poche un trousseau de clés. C’est – il recula d’un pas – sans aucun doute – et encore d’un – une erreur.” Il était à la porte d’entrée.

Une vague de panique, glaciale, me submergea. Je fermai les yeux et pris une grande inspiration. Quand je les rouvris, Van Rode se tenait dans l’embrasure de la porte.

“Ecoutez-moi ! dis-je. Je viens pour que vous me donniez des leçons. Je sais que vous n’en donnez pas. Mais vous allez faire une exception pour moi. Accordez-moi cinq minutes !”

Il était debout devant moi, main sur la poignée, prêt à me claquer la porte au nez, et il me regardait. Je soutins son regard, bien que le ciel se mît soudain à basculer et le sol à trembler sous mes pieds.

Il finit par acquiescer. “Trois.

— Cela suffira”, dis-je, puis je me retournai et courus vers ma voiture. J’avais deux blocs de bois à la place des pieds mais j’arrivais quand même à avancer. J’ouvris le coffre et en extirpai une table de pique-nique repliée que je portai dans la rue. Si j’étais préparé ? Et comment ! Je déplie un support assez insolite et la table tient en équilibre. Deux femmes poussant deux landaus s’arrêtent devant moi et m’observent avec curiosité ; je ne leur accorde pas d’attention. La table n’est pas d’aplomb mais au moins elle est debout. Je claque des doigts, un jeu de cartes tombe sur la table. Je tends la main, les cartes viennent s’y glisser et s’ouvrent en éventail. C’est parti.

Je ne levai les yeux que lorsque ce fut fini. Van Rode était toujours sur le seuil de sa porte et il m'examinait en plissant les yeux, presque comme si quelque chose l'aveuglait ou qu'il avait mal à la tête. On applaudit à côté de moi, c'étaient les deux femmes. “Fantastique !” s'écria l'une d'elles.

“Bon, dit Van Rode. Eh bien, entrez.”

Il me fit passer par un étroit couloir tapissé d'imperméables relégués sur un portemanteau et me conduisit au salon. Une moquette verte, un ensemble de salon marron classique sortant tout droit d'un prospectus de mobilier et formant un demi-cercle autour d'un téléviseur. Au mur, une reproduction du *Regulus* de Turner et, en face, une photo de famille représentant, disposés au hasard, une foule d'hommes et de femmes, de grands-pères, d'enfants, de petits-enfants ainsi que deux chiens. Sur une table en bois étaient posés une paire de lunettes et un quotidien ouvert à la page du programme de télévision. Au-dessus du canapé se trouvait une étagère de livres : *Les Buddenbrook*, *Guerre et Paix*, Shakespeare en deux volumes, une encyclopédie en dix volumes. Sur le rebord de la fenêtre, un pot contenant une violette légèrement fanée derrière lequel se détachaient les contours verts d'un jardin entouré de haies.

“Prenez place, dit Van Rode, vous voulez du thé, du café… ?

— Du café, s'il vous plaît”, répondis-je d'une voix mal assurée. C'est donc ici qu'était censé habiter Jan Van Rode ? Et si c'était bel et bien une méprise ? “Mais je ne voudrais pas vous dér…

— Cher monsieur, vous me *dérangez*. Mais, dans une certaine mesure, vous en avez le droit. Ce que vous venez de me montrer était… disons, plutôt inhabituel. Mais dites-moi, vous m'attendiez vraiment là-dehors ? Combien de temps ? Et pourquoi n'avez-vous pas sonné ?

— Vous m'auriez laissé entrer ?

— Non." Il se retourna et s'écria : "Gerda ! Nous avons de la visite !"

La porte s'ouvrit, une femme parut. C'était elle que j'avais vue dans la rue. Elle leva vers moi deux yeux enfantins ronds aux reflets bleus, sourit et me tendit la main. "S'il vous a laissé entrer, dit-elle, c'est que vous devez être quelqu'un de peu ordinaire.

— Sans Gerda, je ne travaillerais plus depuis longtemps. Mais elle est d'avis qu'il faut de l'argent pour vivre. Vous ne voulez pas vous asseoir une bonne fois ?"

Je me laissai glisser avec précaution sur le canapé ; il était incroyablement mou et sous moi un ressort craqua de façon inquiétante. Van Rode s'assit en face de moi.

"Si cela ne tenait qu'à moi, je resterais à la maison pour regarder la télé. Le football et les compétitions de ski, que faut-il de plus ! Dieu du ciel, ne vous excusez pas à nouveau ! Nous savons tous les deux que vous n'êtes pas désolé. C'est un exploit d'arriver jusque dans cette pièce, croyez-moi."

Mme Van Rode sortit, revint avec un plateau qu'elle porta en équilibre jusqu'à la table et posa deux tasses, deux soucoupes, des cuillères, un petit pot de lait et un sucrier entre nous.

"Est-ce un entretien professionnel ? demanda-t-elle.

— Non, dit Van Rode, pas directement. A vrai dire non.

— Bien. Dans ce cas, ma présence n'est pas nécessaire." Elle mit le plateau vide sous son bras et repartit.

Van Rode se cala dans son fauteuil, enleva la pipe de sa bouche et fit monter au plafond un épais nuage rond de fumée. Puis il désigna ma tasse du doigt : “Buvez ! Il est tiède, pas trop chaud, juste à la bonne température.”

Je pris la tasse et remarquai alors qu’elle était vide. Drôle de plaisanterie ! Le tabac de Van Rode avait une odeur âcre désagréable – je levai soudain les yeux, ébahi : comment la pipe était-elle subitement arrivée jusqu’à sa bouche, je ne m’étais pas rendu compte qu’il… A cet instant précis, j’aperçus du coin de l’œil une substance noire et luisante dans ma tasse : du café ! Elle était remplie à ras bord de café… ! Je la reposai vite, comme une chose à laquelle il valait mieux ne pas toucher.

“Si vous voulez du lait ou du sucre, servez-vous ! Donc, monsieur Beerholm : que dois-je faire pour vous au juste ?”

Il me fallut un peu de temps pour comprendre qu’il m’avait posé une question. “Vous devez, dis-je sans quitter la tasse des yeux, m’enseigner une chose. Je crois que vous êtes le seul à pouvoir le faire.

— Il est fort possible que vous ayez raison. En principe. Mais qu’est-ce qui vous porte à croire que je donne des leçons ? Vous me paierez cher ?

— Je ne vous paierai absolument pas. Autrefois j’aurais pu me le permettre mais plus maintenant.”

Il me scruta à travers deux nuages de fumée qui s’échappèrent de sa bouche et se dissipèrent au-dessus de sa tête. “Eh bien dans ce cas, pourquoi est-ce que je le ferais ?”

Je le regardai. “Pas pour moi. Pour la magie. Et parce que vous savez que je dépends de vous. Qu’est-ce que la prestidigitation ? Une soirée de divertissement proposée par des gens médiocres en costume à paillettes, un intermède pour les anniversaires d’enfants et les shows télévisés, un loisir pour dilettantes, un métier pour les acteurs sans talent, une ineptie. Mais elle peut être beaucoup plus."

Un dernier petit nuage s'éleva et pâlit, Van Rode enleva la pipe de sa bouche et regarda le fourneau. Elle s'était éteinte. "Vous avez donc lu mes livres ?

— Bien sûr. Mais on n'y trouve que l'accessoire. Cela ne suffit pas.

— L'accessoire ?" demanda-t-il d'un air étonné, puis il me lança un bref regard avant d'examiner à nouveau l'intérieur de sa pipe. Un petit point lumineux apparut dans la cendre et de la fumée s'éleva. Van Rode glissa l'embout de la pipe entre ses dents. "Pourquoi moi ? Vous avez assisté à un de mes spectacles ?

— Une seule fois. Il y a trois ans environ.

— Où ?"

Je le lui dis.

"Grand Dieu, dit-il en riant, comment avez-vous fait pour vous retrouver là-bas ?

— J'y ai fait mes études." Je lus dans son regard ce qu'il voulait me demander et je le devançai. "De théologie.

— De théo… vraiment ? Voilà qui explique bien des choses. Vous n'êtes quand même pas… ?

— Non. Seulement les ordres mineurs.

— Vous vous êtes donc arrêté en chemin. Votre entreprise y a beaucoup perdu." Il éclata de rire mais reprit aussitôt son sérieux. "Pardon, ce n'était pas censé être drôle ! N'allez pas croire que je me moque d'eux, jamais je ne ferais une chose pareille. Jamais." J'avais le sentiment désagréable qu'il me raillait.

"Vous savez quoi ? dit-il. Je vais le faire. Non pas que vous m'ayez convaincu, mais je suis curieux. Et ce sera aussi un investissement. Si un jour vous parvenez à gagner de l'argent de quelque façon que ce soit, je vous envoie la facture. D'accord ?

— D'accord", dis-je en retenant mon souffle pour ne pas montrer mon soulagement. La bête coriace qui se cramponnait à moi depuis des semaines venait de lâcher prise. Le monde me semblait léger.

"Eh bien, vous pourriez... attendez... ! Gerda !"

Un certain temps s'écoula, puis quelque chose bougea dans la pièce voisine, des pas se rapprochèrent, la porte s'ouvrit et Mme Van Rode apparut.

"Oui ?

— Dis-moi : est-ce que j'ai du temps mardi et mercredi après-midi ? De treize à quinze ?

— Mardi et jeudi. Et de quatorze à seize, ce serait mieux.

— Parfait. Alors, qu'en pensez-vous ? Mardi et jeudi de quatorze à seize. Ça vous va ?

— Oui, bien sûr ! dis-je. Merci beaucoup, c'est très...

— C'est bon. Et maintenant, monsieur Beerholm, vous feriez mieux d'aller vous reposer un peu et – non pas que ça me regarde – de vous raser et de prendre une douche. Vous avez l'air épuisé. Combien de temps avez-vous donc attendu là-dehors ?"

Je me levai. "Ne me posez pas la question !

— Comme vous voulez. Cela vous gêne si je ne vous raccompagne pas ?

— Non, répondis-je, non, pas du tout." Je lui tendis la main, pris congé de sa femme en m'inclinant (l'inaltérable courtoisie de l'élève des Vescaux !) et m'en allai. Les manteaux de l'entrée n'avaient pas bougé. Dans la rue, deux trentenaires fatigués passèrent devant moi ; leurs cravates ressemblaient à des nœuds coulants multicolores. Je connaissais à présent leurs visages et faillis les saluer. La voiture m'attendait. Ne devais-je pas la ramener d'abord et aller ensuite à l'hôtel... ? Ah, au diable tout cela, je ne désirais plus qu'une seule chose, un bain chaud. Le reste me paraissait lointain et sans importance.

Une demi-heure plus tard, je me trouvais dans une baignoire remplie d'eau et de mousse parfumée, je sentais la chaleur se répandre dans mon corps, tout comme les vapeurs moites et brumeuses dans mon cerveau. Je ne savais plus très bien où j'étais allé ni pourquoi mais je savais que les choses avaient pris bonne tournure, que ceci avait entraîné cela, que quelque chose avait réussi. Et cela me suffisait. Là-dessus je m'endormis.

Je rentrai le lendemain pour organiser mon déménagement. De nouveau l'autoroute interminable, de nouveau les heures vides comblées par la vitesse et elle seule. J'emportai tout ce que je possédais. Trois valises de vêtements, une radio, un sac de voyage rempli de livres et autres choses superflues. Mes clubs de golf et une paire de skis se trouvaient encore chez le prêteur sur gages ; ils n'avaient qu'à y rester, je n'en avais aucun besoin. J'écrivis à mon propriétaire une lettre dans laquelle je l'informais que je partais, que je ne reviendrais plus et qu'il pouvait louer son taudis à un autre. Sur quoi je fourrai mes bagages dans la voiture et quittai la ville pour toujours. Aussi longtemps que les fleuves aspireraient à rejoindre la mer, que les nuages projetteraient leurs ombres sur la courbure de la terre, que le soleil émettrait de la lumière, je ne la reverrais pas. D'un geste ample je jetai un mégot par la fenêtre et démarrai.

Je trouvai une chambre située à distance commode de la maison de Jan Van Rode. Assez proche pour pouvoir m'y rendre vite mais suffisamment loin pour ne pas paraître envahissant.

J'allais donc chez Van Rode deux fois par semaine. Chaque fois que je me trouvais devant sa porte – à l'heure, bien sûr, à la minute près – et que j'appuyais sur la sonnette, je n'arrivais pas à croire qu'il habitait vraiment là et qu'il m'attendait, moi. C'était pourtant le cas. La porte finissait toujours par s'ouvrir au bout de trente longues secondes et Gerda Van Rode me faisait entrer.

Maintenant qu'il est mort, aussi mort que sa pauvre femme, je dois être l'un des rares qui puissent se risquer à le décrire. Lorsque je juxtapose les quelques photos de lui que je connais, provenant de l'encyclopédie, de la presse, d'une édition spéciale du *Conjurer*, j'en viens presque à douter qu'elles représentent la même personne. Il pourrait tout aussi bien s'agir de gens différents, photographiés n'importe où, n'importe quand. Plus encore qu'elles ne le font d'habitude, ces photos n'ont gardé de lui qu'une image superficielle, impersonnelle, sans identité ni vie intérieure.

Cette impression est sans doute fondée. Je suis souvent resté des heures assis en face de lui et pourtant j'ai des difficultés aujourd'hui à me rappeler son physique. Son âme semblait drapée d'une profusion de tissu qui en dissimulait les contours. C'était le cas même lorsqu'il réfléchissait, riait ou était sur scène. On n'avait jamais le sentiment de le connaître bien qu'il ne fût pas énigmatique, mais plutôt étrangement dépourvu de mystère.

Et c'était un génie. Je constate avec effroi que ma gloire a jeté ces derniers temps une ombre sur la sienne – c'est injuste, absurde et affreux. Il m'était supérieur, presque toujours, et à tous les égards.

Que de dons ! Quel savoir-faire ! Et cette façon dont les objets lui obéissaient ! Certaines personnes ordonnent à des chiens de berger qu'ils ne connaissent pas de se coucher sagement ou de faire le beau, et ceux-ci s'exécutent sur-le-champ et sans savoir ce qui leur arrive. Van Rode obtenait les mêmes résultats avec les objets. Il n'avait rien à faire ou presque : lorsqu'il s'approchait d'une table, d'un lampadaire, d'une étagère, un changement semblait s'opérer. Un plan de travail peut-il tendre l'oreille, comme dans l'attente de quelque chose, et tout en cherchant à dissimuler son excitation ? Il peut le faire, je l'ai vu. Une pipe, un stylo bille, un cendrier en plastique de supermarché pouvaient-ils soudain étinceler de fierté parce que son regard se posait sur eux ? Oh oui, c'est arrivé. Le monde qui l'entourait était toujours animé, rempli d'espoir et de chuchotements électriques.

Un jour, il m'autorisa à l'accompagner à une représentation. Elle avait lieu dans une petite ville voisine, à une heure d'autoroute, dans un gymnase avec de hautes fenêtres, un revêtement plastique vert au marquage rouge et des échelles aux murs, c'était là où d'habitude s'entraînaient les équipes de volley et s'acharnaient sur des ballons de foot les écoliers.

"Je ne me produis sur scène, dit Van Rode d'un air impassible, qu'à l'arrivée des premières mises en demeure et lettres inquiètes de la banque. C'est seulement là que j'accepte une offre. Tout cela pour constater que je suis de moins en moins connu et que les locaux qu'on me propose sont chaque fois un peu plus médiocres. C'est comme ça. Le prix de la paresse."

Pendant le spectacle j'étais assis au deuxième rang à côté de Gerda Van Rode, j'observais en retenant mon souffle et en attendant le moment où je devais tirer sur un mince fil pour déclencher un mécanisme grâce auquel un grand miroir en cristal, répondant à un geste désinvolte de Van Rode, se briserait en mille fragments étincelants. Cela réussit et derrière moi une vieille dame poussa un cri. Il n'y avait pas beaucoup de monde, le gymnase était tout juste plein aux deux tiers. La démonstration de Van Rode était certes grandiose mais ne valait pas ce à quoi j'avais assisté à l'époque où j'étais encore étudiant.

Sur la route du retour je me décidai à l'interroger. Le ciel était sombre et nuageux, on ne voyait aucune étoile, seul nous suivait un croissant de lune blême et vilainement déchiqueté. Gerda était au volant, comme toujours ; son mari n'avait pas le permis. J'étais assis à côté d'elle parce que Van Rode aimait avoir la banquette arrière pour lui tout seul. Il était adossé au siège, légèrement penché sur le côté, la tête renversée et il sifflotait les bribes d'une mélodie qui ne m'était pas inconnue. Il semblait très décontracté, presque un peu ivre.

"J'aimerais vous poser une question, commençai-je. Un jour, vous avez fait quelque chose que je n'arrive pas à oublier, quelque chose de… très, très étrange. Avec une table et un mouchoir.

— Vraiment ? Intéressant. Racontez."

Je tentai de lui décrire ce que j'avais vu. "Ah oui, c'est à cela que vous faites allusion, s'écria-t-il, je m'en souviens. Une soirée atroce. Vous n'alliez pas très bien à l'époque, n'est-ce pas ?

— Comment le savez-vous ?"

Il se pencha en avant, s'appuya au dossier de mon siège et dit à voix basse : "Arthur, vous avez une vision trop étroite de la réalité. Je vais vous révéler un secret, un secret très grand et très bien gardé que tous connaissent sauf vous. Ceci est un rêve. Je ne veux pas dire sur le plan philosophique, Dieu m'en garde ! C'en est réellement un. En l'occurrence, le vôtre. Nous en faisons tous partie, chacun de nous est né de votre imagination. Lorsque vous vous réveillerez, nous aurons disparu, nous serons partis, effacés, nous n'aurons jamais existé."

Il gloussa puis se remit à siffler. J'avais froid. Mon siège était très mou, les bruits autour de moi – le ronronnement du moteur, les sifflements de Van Rode, la pluie – s'évanouirent et tout prit soudain une tournure étrangement irréelle. Je clignai des yeux et voulus les frotter mais pendant un instant singulier je ne réussis pas à les trouver. Je cherchai mon visage à tâtons – mon visage… ? J'entendis la voix de Van Rode quelque part au loin.

"Ne vous réveillez pas, par pitié ! Faites-le pour moi. J'aimerais rester encore un peu !"

Agacé, je secouai la tête et les choses reprirent des contours plus nets. Ils étaient de nouveau là : la vitre, les gouttes, la route, les phares. Je me retournai et Van Rode était là aussi, fantomatique, assis de biais, les bras croisés derrière la tête. A côté de moi se trouvait Gerda Van Rode. Elle regardait la route avec calme, le visage figé, la main sur le volant. Rien ne laissait deviner si elle nous avait écoutés ou pas.

Je relis les derniers paragraphes et je me demande pourquoi je les ai écrits. Peut-être parce que je n'ai rien de mieux à dire sur lui. Je ne peux évoquer ce qu'il m'a enseigné. Je suis lié par la loi du silence ; si toutes les autres précautions disparaissent, celle-ci demeure. Voici du moins ce que je peux dire : il m'a enseigné des choses dont je ne soupçonnais même pas l'existence. J'appris à élaborer un tour, à prévoir son effet, à reconnaître ses points faibles. Je sus quelle attitude adopter face aux spectateurs pour transformer une masse de gens qui bâillent, chuchotent et mastiquent en un public soudé par une même tension électrique et concentré uniquement sur ma personne. Avant, j'avais été un amateur doué. Maintenant, je découvrais le fond des choses.

“Beerholm, j’ai quelque chose pour vous, dit un jour Van Rode. Un spectacle. Après-demain, un gala de bienfaisance pour les sourds-muets. Quelqu’un s’est décommandé, l’organisateur voulait que je le remplace. Alors je vous ai proposé.

— Moi ? Après-demain ?

— Ma foi j’imagine qu’on ne va pas changer la date pour vous. Ne vous en faites pas ! Songez que vous êtes un magicien. Les objets vous obéissent. Et dans le pire des cas ? Si tout va de travers, vous pourrez toujours enseigner la religion à l’université populaire. Ce n’est pas à dédaigner !

— Non, répondis-je, non, sans doute pas.” La moquette verte parut s’arrondir sous mes yeux et créer des plis étranges. J’évitai de regarder Van Rode. Je ne voulais à aucun prix rencontrer son sourire.

VIII

Et toi ? Pourquoi ne dis-je rien de toi ? Mais, voyons, c'est bien ce que je fais. Je t'insère dans chaque phrase, chaque mot, chaque lettre penchée. Sur toutes ces pages inutiles que je viens de noircir est inscrite à l'encre sympathique ton image.

Jadis Merlin, le puits de science, l'Enchanteur privé de père, le vieux fils du diable, s'éprit d'un amour fatal pour la fée Viviane. Elle vit cela de ses yeux verts et d'un cœur de glace, et lorsqu'il implora sa bienveillance, elle se mit à rire et lui arracha le serment de ne jamais jeter de sort sur elle ni d'utiliser ses pouvoirs pour briser sa faible volonté. De ce jour, elle s'appropria l'un après l'autre tous les secrets de son art et devint une puissante magicienne. Peut-être était-ce son intention première, qui sait. Le monde est mauvais et même la beauté peut être maléfique. Toujours est-il que Viviane et Merlin arrivèrent un jour devant une grotte. Il s'agissait, on le devine déjà, d'une grotte magique ; les légendes regorgent de ces lieux ténébreux où scintillent des cristaux. Viviane le persuada d'entrer bien qu'il sût – car que ne savait-il pas ? – que cela lui porterait malheur. Elle prononça alors une formule qui mura la grotte : un rideau de pierre enveloppa Merlin, l'enfermant à jamais au cœur de la terre molle et sombre.

Triste, n'est-ce pas ? Nous ne savons rien de Viviane, ni d'où elle venait, ni où elle allait, ni comment elle utilisa la puissance qu'elle avait volée au grand sorcier. Ce que nous savons – ou croyons savoir – en revanche, c'est que Merlin l'aimait, qu'elle-même n'aimait pas Merlin et qu'elle fut son mauvais destin. C'est tout. Et c'est suffisant.

Mais à quoi pouvait-elle bien ressembler ? Cela aussi, nous l'ignorons ; son regard vert est une simple supposition de ma part qui ne repose sur rien. Elle était sans doute parfaite ou très proche de la perfection. N'oublions pas que Merlin n'était pas ce personnage affable à la longue barbe et au grand manteau qui erre dans nos dessins animés. C'était un voyant, détenteur d'un immense pouvoir sur le monde animé et inanimé, un homme capable d'attirer l'orage sur terre et de faire à volonté sortir du sol les rochers. C'était un grand sorcier païen, un être d'envergure.

Et si cela avait été d'emblée son plan à lui ? Si même derrière Viviane, la petite, la rusée, la méchante, la belle, si belle Viviane se cachait la puissante volonté de Merlin ? Car, reconnaissons-le, peut-il advenir à Merlin quoi que ce soit qu'il n'ait pas lui-même souhaité ? Il voulait sans doute quitter cette terre, ne plus aller par monts et par vaux, ne plus s'occuper des affaires des hommes – Arthur, Marc, Guenièvre, tous devaient déjà l'ennuyer beaucoup. Il était mortel lui aussi, malgré tout – et qui peut mesurer ce que cela signifie d'être Merlin et de devoir mourir ! Peut-être avait-il choisi depuis longtemps la grotte qui allait devenir son tombeau. Peut-être voulait-il encore, au soir de sa vie, connaître deux choses : l'amour et la bêtise ; il en avait beaucoup entendu parler sans jamais bien comprendre de quoi il était question. Peut-être Viviane était-elle sa plus belle création, la plus difficile et la plus sublime de ses œuvres.

Il se prêta donc au jeu, il fit ce qu'il avait projeté de faire. Avec une mélancolie un rien moqueuse, il regarda sa créature se mouvoir, rire, tenter de le séduire et être fière d'y parvenir. Il est possible que tel ou tel sculpteur grec ait jadis réussi à tomber amoureux d'une de ses œuvres ; Merlin, lui, n'y parvint pas. Sans doute était-il trop doué, trop intelligent. Or il n'avait aucune envie d'entrer dans l'histoire comme l'archétype de l'artiste raté ou, pire encore, du dieu raté, et il dissimula ainsi le fait qu'il avait créé Viviane. (Si un étranger l'avait examinée de plus près, il aurait probablement remarqué une certaine pâleur, une lueur d'incertitude dans son regard et il aurait deviné que c'était un être imaginaire, transplanté au moyen de douteuses manipulations dans la froide réalité. Mais le monde d'antan était encore enveloppé de brume, les pensées imprécises, et personne ou presque n'éprouvait le besoin d'y voir clair.) Merlin fit ce qu'il fallait pour en finir : il s'agenouilla devant elle, demanda grâce, composa même pour elle une ou deux ballades sans grand intérêt. Il lui révéla ses secrets, lui enseigna les paroles, les gestes et les pensées auxquels obéissaient la terre, le feu, l'eau et l'air cristallin. Il fit semblant de soumettre sa volonté à la sienne et regarda l'âme fantomatique de Viviane s'en amuser.

Et enfin, au jour déterminé, il la mena à la grotte. Lorsqu'elle le pria d'y pénétrer, il réprima un sourire, regarda une dernière fois autour de lui, soupira et y entra. Il l'entendit ensuite prononcer la formule – n'était-ce pas plutôt lui, d'ailleurs, qui la prononça ? –, et l'obscurité descendit sur lui, puis il n'y eut plus rien. Et Viviane ? Pendant quelques instants elle a dû éprouver une joie maligne, puis ressentir un vide étrange. A-t-elle eu le temps, juste avant la fin, de s'apercevoir, de comprendre qu'elle n'avait jamais existé, qu'elle était l'invention d'un autre ? Il ne resta alors plus que le ciel clair, la brume, les arbres et quelques oiseaux indifférents. Viviane s'était évaporée, emportée par une légère brise avant même d'avoir achevé sa dernière pensée.

Dès ma première rencontre avec Merlin, dans les histoires que Beerholm me lisait sans enthousiasme avant que je m'endorme, je me sentis avec lui des affinités singulières. Le monde – c'est ce que je ressentais à l'époque et j'en suis toujours persuadé – devait être bien plus passionnant lorsque Merlin vivait encore, et il perdit beaucoup à sa mort dans la caverne.

Est-ce à cause de toi, Viviane, que j'ai pris une décision étrange, voire mauvaise, terriblement mauvaise ? Mais à quoi bon te poser toutes ces questions, puisque je sais bien que tu ne vas pas y répondre. Ce sont des questions posées en réponse aux tiennes ; des dissimulations, des digressions, des jeux de lumière sous un ciel en plein jour, mis en scène par un maître de la diversion un peu las. Un illusionniste expérimenté qui ne souhaite pas répondre à la question précise que tu lui poses.

Toujours est-il que j'ai sauté à temps du train en marche et que le pouvoir suprême, le privilège de lier et de délier sur la terre, m'a échappé. Ce fut le début de ma triste existence de magicien de tripot et de tricheur médiocre. Mais où étais-tu ? J'ai en effet, chose curieuse, toujours su que tu existais. Enfant déjà, je savais que tu te trouvais quelque part dans le monde et que tu grandissais en même temps que moi, seconde après seconde. Et, par la suite, les levers de soleil et l'herbe des

Vescaux n'avaient-ils pas, d'une manière ou d'une autre, toujours un rapport avec toi ? Mais tu n'étais pas là. Il est cependant fort possible que tu sois montée plusieurs fois dans un tramway dont je venais de descendre. Que je me sois baissé à un endroit quelconque pour renouer mes lacets tandis que tu passais devant moi, le regard fixé sur le ciel nuageux. Que j'aie traversé un pont jeté entre l'est et l'ouest, sous lequel tu te déplaçais du nord vers le sud. Qui sait combien de fois se sont touchées les lignes sur lesquelles nous avons traversé l'espace. Et nous ne nous doutions de rien. C'est ainsi que je me rappelle bien du jour où j'ai eu cette pensée soudaine que nous ne nous rencontrerions peut-être jamais. Nous avions déjà perdu tellement de temps – encore autant, et il serait trop tard. Sans doute la distance qui nous séparait était-elle trop grande pour que toi ou moi puissions jamais en triompher ; mais même si nous avions vécu dans la même ville, voire dans la même rue, rien ne nous garantit qu'un ange plein d'humour ne s'amusait pas à faire en sorte que nous nous manquions chaque fois, à l'instar des personnages du théâtre de boulevard qui, pendant quatre actes, traversent des pièces à la hâte, ouvrent des portes, en claquent d'autres et éludent la résolution du problème en se ratant toujours de quelques secondes. Une vie est peu de chose, Viviane, et elle passe vite.

Je n'avais pas le droit de laisser la situation en arriver là ; je devais te faire venir à moi, te rendre réelle. Tout en commençant à concevoir un spectacle qui soit absolument parfait, je me mis donc à élaborer autre chose : toi.

N'étais-je pas un magicien, après tout ? Ne pouvais-je pas être plus puissant que le hasard, ce benêt aveugle ? Pourquoi cela ne fonctionnerait-il qu'avec les cartes ? Non, cela devait être faisable. Tu étais là, quelque part, dissoute dans un espace indéterminé ; tu n'avais pas encore de nom, de corps, d'âme ; tu n'étais qu'une abstraction qui s'estompait dès que je tentai de la regarder de plus près. Mais je te libérerais. De même qu'un sculpteur fait sortir son personnage de la pierre, j'allais t'extraire du monde des possibles.

J'essayai de fixer mon attention sur toi, de me représenter tes activités, tes pensées et ton apparence physique. Comprends-moi bien : ce n'était pas un rêve. Ce fut un travail laborieux, un effort de concentration inouï et ne pouvant durer plus de quelques minutes à intensité maximale. Je devais donner forme à chaque pensée dans ta tête, à chaque détail de ton corps, de tes vêtements, à chaque odeur qui frôlait tes narines, à chaque idée fugace qui effleurait ton esprit. Je devais concevoir ton existence en remontant le cours du temps, depuis le présent jusqu'au moment de ta naissance. Il fallait que je t'invente.

D'abord tes yeux. Ils devaient avoir la couleur de l'herbe, des feuilles humides, de la mousse qui pousse sur les vieilles pierres. La couleur des elfes. La couleur des yeux de tous les êtres qui ne sont pas tout à fait les enfants de cette terre. Puis ton visage. Ce n'était pas difficile compte tenu de tes yeux, car il n'était guère plus que leur rayonnement matériel, un compromis entre ce qu'exigeait leur expression et les règles de la physionomie. De longs cils pour les protéger des attaques de la poussière et d'un environnement hostile. Un nez fin et des sourcils formant un arc de cercle noir pour les encadrer et les mettre en valeur. Les lèvres – le trait de pinceau d'un peintre de la Renaissance passablement doué – pas trop parfaites, pour ne pas détourner l'attention.

Je formai ensuite ton corps, l'élégant assemblage, la délicate tenue d'apparat de ton âme. De longs membres souples, disposés sur une gracieuse ligne courbe. Le concept de base était abstrait et graphique, je n'étalai la couleur que dans un second temps. Une nuance de beige tirant sur le blanc, glissant ici et là vers le rouge pêche, moucheté par endroits de taches de rousseur à peine esquissées. J'ignorais tout, à l'époque, de ton penchant pour les ultraviolets qui allait donner une coloration mate irréprochable à l'ensemble. Deux lignes dessinaient tes épaules, longeaient tes seins, et, se rapprochant puis s'éloignant l'une de l'autre, formaient ton bassin. Anatomie, premier semestre.

Mais qui étais-tu ? Car je ne devais pas seulement modeler ton physique mais aussi toi, ta personne. Etais-tu intelligente ? Oh oui. Avais-tu de l'humour ? Beaucoup, jusqu'à la cruauté. Du caractère ? Plus ou moins. De la vigueur, de la clarté, de l'assurance ? A profusion. Pouvait-on te percer à jour ? Avec peine. Etais-tu facile à déconcerter ? Uniquement par un maître de l'illusion. Croyante ? Comme tout un chacun, parfois oui, parfois non, selon l'humeur, de façon discontinue.

Mais il te fallait aussi un *curriculum vitæ*, un métier, un logement, tout ce qui appartient à la grisaille quotidienne. Il devait y avoir des magasins dans lesquels tu achèterais des denrées sous plastique, un coiffeur qui couperait tes cheveux avec le sourire, un lieu de travail, des collègues, des connaissances… J'eus beaucoup de mal à m'en convaincre. Comme j'aurais souhaité que tu restes en dehors de tout cela, loin de l'eau de vaisselle et de la monotonie d'une petite vie normale ! Cela dit, je pouvais m'autoriser quelques libertés ; après tout c'était moi qui fixais les règles ! Donc : tu avais hérité d'une fortune modeste te permettant de ne pas mener une existence d'esclave, tu n'avais autrement dit ni métier, ni collègues. J'esquissai à la hâte tes fréquentations et laissai quasiment tout le reste à l'état d'ébauche. Ton appartement nécessitait plus de minutie. Je collai quelques papiers peints aux murs, recouvrai le sol de tapis et répartis tableaux, fenêtres et miroirs dans les pièces. Cela devait suffire.

Et ton nom ? Mais tu en avais déjà un, attribué par un autre, un plus illustre que moi. Tout autre nom serait superflu et inapproprié, une suite inutile de sons ne signifiant rien, du moins pas toi. Je te l'ai souvent dit et je te le redis : oublie l'autre, rejette-le, il n'y a qu'un seul nom qui soit le tien. Il est plus vieux que toi mais il t'appartient ; je l'ai retrouvé et te l'ai offert, peut-être t'était-il destiné depuis toujours, qui sait. Quel que soit le nom que tu portes en temps normal, je ne veux pas le savoir, je refuse d'en prendre connaissance.

Puis ce fut le moment de la rencontre. Où était-ce ? Dans la rue sous un ciel dégagé, poussiéreux et scintillant d'avions ? Ou dans l'enfer rutilant du métro ? Chez Van Rode ? Ou encore ailleurs ? Honnêtement, je l'ignore. Il y avait des dizaines de possibilités et je les avais déjà toutes passées si souvent en revue dans ma tête que je ne suis plus en mesure de dire laquelle avait soudain fini – de façon effrayante, irradiante – par devenir réalité. Mais peut-être que cela s'est déroulé lentement, qu'il y a eu une époque où une moitié de toi faisait encore partie de mon imagination tandis qu'une autre moitié appartenait déjà au monde tangible, vaste et réel. Une période de transition, où les frontières s'estompent. Peut-être y a-t-il eu des moments où nul, ni l'être le plus intelligent ni même sans doute Dieu, n'aurait pu dire avec certitude si tu te trouvais de ce côté-ci ou de l'autre, si tu étais toujours de mon invention ou si tu n'étais déjà plus de l'invention de personne. Il est possible que les choses se soient passées ainsi ; il est possible aussi que mes souvenirs aient été pris dans un vibrant chaos.

Tout ne cadrait pas avec mon plan ; le hasard s'était immiscé ici et là. Au lieu d'avoir les cheveux noirs tu les avais roux. Et tes yeux – voilà probablement pourquoi je ne t'ai pas reconnue tout de suite – étaient presque toujours dissimulés derrière des lunettes de soleil à la mode, avec des verres opaques. A vrai dire, ce n'était pas trop gênant car j'allais découvrir que ces yeux-là me faisaient peur. J'avais dû les voir trop souvent en imagination ; j'avais du mal à m'habituer au fait qu'ils étaient désormais aussi réels que n'importe quelle table ou chaise, que les nuages, que le ciel.

Oui, c'était vraiment toi. Cela avait bel et bien marché, si incompréhensible que cela puisse paraître. N'avais-je donc pas une bonne excuse pour me considérer comme un grand, très grand magicien et, durant ces premières semaines de bonheur imprégnées de gratitude incrédule, pour me comparer à chacun, oui, chacun de mes prédécesseurs ? Pendant un bref laps de temps tout me paraissait faisable et j'avais peut-être raison – à l'époque.

Si je n'avais pas ressenti cette douleur sourde, ce doute lancinant et insurmontable : était-ce donc réellement possible ? N'étais-je pas tombé dans un piège, victime d'une illusion aussi habile qu'étrange ? Ce qui s'était passé là ne survenait en général que dans d'éblouissantes hallucinations. Ou alors tu n'étais pas mon œuvre ; étais-tu un hasard de bout en bout, un enfant du monde qui m'était totalement étranger et n'avait qu'une lointaine ressemblance avec l'être que j'avais péniblement créé en rêve ? Merlin a-t-il vécu une expérience similaire ? Est-il jamais parvenu à croire qu'il était vraiment Merlin ? Il a toujours dû avoir vaguement le soupçon qu'il n'était qu'un fou en plein songe, le plus pitoyable des hommes qui s'imagine avoir couronné des rois et érigé le temple de Stonehenge. Que n'aurait-il pas donné en échange de la certitude – mais la certitude n'existe pas. Jamais. Et encore moins pour les magiciens.

C'était l'époque de mon ascension d'une rapidité surprenante et même insensée. (Elle tenait du mauvais rêve ; elle ressemblait beaucoup à l'un de ces changements de décor précipités et mis en scène par un amateur juste avant le réveil.) Mais tout semblait vouloir s'arranger et enfin, enfin rentrer dans l'ordre. Une dissonance discrète mais douloureuse avait fini par former un accord.

Ou bien ? Ah, une fois de plus, tu ne t'es pas laissé distraire. Comment se fait-il que tu sois à ce point immunisée contre mon art ? Non, tu n'as jamais tenté de pénétrer les secrets de ma profession, bien que cela ne t'eût posé aucune difficulté ; je ne t'aurais pas résisté longtemps. Ma résolution d'éviter à tout prix les grottes, les lieux voûtés et les caves n'a pas été mise à rude épreuve car tu n'as jamais eu l'idée de m'y expédier. J'ai essayé une seule fois de t'apprendre un tour facile qui consistait à retrouver une carte, mais tu étais terriblement réfractaire à toute forme d'enseignement. Non, tu n'es pas une magicienne et si tu l'étais malgré tout, tu me l'aurais bien caché. Pardon ?

Ah oui, ta question. Pourquoi est-ce que je me donne d'ailleurs tout ce mal, à quoi bon simuler tes interventions, tu n'es pas ici et, quoi que je dise, tu ne l'entendras pas ! C'est justement pour cela, peut-être. Le fait que personne ne lira tout ceci, à part moi et un chérubin débordé le jour de la résurrection de toute chair et de tout papier, me contraint à l'honnêteté. Ta question, donc. Cette vieille question, érodée par les romans de troisième, quatrième, cinquième catégorie, à laquelle ont répondu à outrance des stars de cinéma au teint blême, cette question d'une extrême banalité.

Si je t'aime ? Si je t'ai aimée ? A un moment donné, ne serait-ce qu'un instant ? L'amour : au fond, je n'ai jamais compris ce que ce mot signifiait en dehors du cloaque du kitsch. Dieu nous aime, dit-on, mais j'ai toujours eu du mal à concevoir comment quelqu'un qui sait tout puisse faire preuve à notre égard d'autre chose que d'une forme d'indulgence distante et objective. Dieu, écrivait Spinoza, n'aime personne. – Non, je ne cherche pas à me dérober une fois de plus. Ai-je un jour ressenti pour toi, pour quelqu'un ou quelque chose, ce sentiment qu'on exprime par ces cinq lettres prestigieuses ? Honnêtement, je l'ignore. J'en doute. A la place de cette capacité à aimer réellement, qu'elle soit chrétienne, païenne ou autre, je n'ai jamais trouvé en moi qu'une cordialité absurde et sans objet défini, une compassion soudaine à la vue d'un petit garçon de cinq ans en larmes, d'un chien au poil rêche attaché devant un magasin, gémissant et doutant de jamais revoir son maître, d'un balayeur de rue au nez vineux ou même d'un petit sapin sur lequel un malotru géant, un épicéa adulte, a projeté tout le poids de son ombre. Mais peut-être est-ce la forme d'amour la plus précieuse, celle – si tant est qu'elle existe – qu'un Dieu ressent parfois pour sa création. A moins qu'il ne s'agisse d'un sentimentalisme idiot sans commune mesure avec l'émotion véritable. Je le jure sur ma vie – ce n'est pas un serment qui me coûte beaucoup en ce moment ! – je n'en sais rien.

Est-ce la raison pour laquelle tu m'as abandonné ? Viviane, je t'aurais probablement révélé tous les secrets de la terre, je t'aurais suivie jusque dans le moindre recoin sombre et poussiéreux en prenant le risque d'y être enfermé pour l'éternité ou plus longtemps encore. J'aurais fait tout ce qui était en mon pouvoir et, crois-moi, ce n'était pas rien. Mais apparemment cela ne suffisait pas.

Où es-tu maintenant ? Existes-tu encore ? As-tu vraiment une vie à toi, totalement indépendante de moi, sans moi ? Ou bien t'es-tu de nouveau dissoute dans les éléments à partir desquels je t'ai distillée et formée, le vent d'été, l'herbe du printemps, le ciel de midi et tous les autres ? Je ne pourrais même pas dire avec certitude quand je t'ai perdue ; tu t'es éloignée de moi très lentement, insensiblement. On aurait dit que tu avais peu à peu perdu en netteté, en intensité. Avant de t'éteindre d'un seul coup. Mais qui sait, peut-être n'est-ce qu'une réflexion absurde et que tu vis à présent dans une maison terne au milieu de gens indifférents, que tu exerces un métier sans intérêt et penses parfois à moi avec un sourire amusé.

Il y a quelques mois, j'étais dans le désert. Oui, absolument, un vrai désert qui n'a rien de métaphorique, un désert reconnu administrativement. Le roi d'un petit Etat pétrolier m'avait fait venir en avion pour divertir ses invités lors d'une réception privée et pour un cachet que je passerai sous silence afin de ne pas susciter la jalousie des archanges. On avait chargé un officier de me montrer les curiosités de l'endroit – une mission difficile car il n'y en avait aucune. C'est pourquoi il me fit asseoir dans une jeep et me conduisit dans le désert. Ce n'était pas loin ; il encerclait la capitale comme la mer une île sombre.

Nous roulâmes un bon moment et je m'aperçus tout à coup avec un étrange effroi que c'était comme si nous étions immobiles. Rien ne bougeait, rien ne changeait autour de nous. De tous côtés s'étirait vers l'horizon une étendue sans collines, et du sol – une poussière rougeâtre, des cailloux finement moulus – s'élevait une chaleur molle et sèche. L'officier donna un ordre, le chauffeur s'arrêta. Nous tendîmes l'oreille : le silence était total. Je ne m'étais pas douté qu'il comportait lui aussi des degrés ; il n'avait jamais régné ainsi à Eisenbrunn, et l'expression "silence de mort", crois-moi, prend là tout son sens. Une odeur de sable flottait dans l'air. Un grand oiseau traçait une ligne dentelée très haut dans le ciel. Je me trouvais dans le néant. C'était bien cela : le néant.

L'officier me tapa sur l'épaule et désigna quelque chose sans rien dire, je suivis sa main du regard. Là.

A un endroit, le ciel paraissait déformé, recourbé en un renflement singulier. Des couleurs flottaient devant lui. Elles convergeaient, fusionnaient, se séparaient en un mouvement fluide, se dissipaient en fumée multicolore et scintillante, se réunissaient, se dissociaient à nouveau, se réassemblaient. "Un mirage, dit l'officier, *fata morgana. Nice, isn't it ?*" C'était indescriptible. L'immensité brûlante et vide avec au beau milieu, s'étendant en hauteur et en largeur, ces jeux de lumière fantasmagoriques. Une danse d'une beauté étincelante et absurde devant cette toile d'un bleu inaccessible et éternel. Je pensai alors à toi, de façon plus intense et douloureuse que jamais auparavant. *"Nice, isn't it ?* répéta l'officier. *You like it, don't you ?"* Je ne répondis pas. J'en étais incapable.

IX

D'abord, pendant un long moment, il ne se passa rien. Puis, dans une rangée du fond, quelqu'un se mit à applaudir. Puis une deuxième personne, puis une autre, encore une autre et soudain les applaudissements crépitèrent comme une averse. Je m'inclinai brièvement, pas trop bas, et clignai des yeux sous la lumière éblouissante des projecteurs. Les applaudissements continuaient, je m'inclinai à nouveau et regardai autour de moi avec embarras ; je ne pouvais pas quitter la scène, les applaudissements m'envoûtaient, m'enchaînaient, me clouaient sur place. Et ils ne faiblissaient pas, toujours pas. L'une des silhouettes se leva alors d'un bond en criant quelque chose – puis une deuxième. Je m'inclinai à nouveau et tandis que je me tenais là, courbé, les yeux rivés sur le plancher, le bruit s'enfla soudain pour se transformer en un immense rugissement polyphonique. Je fis d'instinct un pas en arrière avant même de lever les yeux. Ils étaient debout ! Toutes les personnes présentes dans la salle s'étaient levées et applaudissaient. Je souris, déconcerté, et m'inclinai encore une fois. Et encore. Mais ils ne s'arrêtaient plus.

Dans ma loge, on m'attendait. Une foule de gens me tendirent la main, me tapèrent sur l'épaule ; certains me prirent même dans leurs bras. Une jeune femme m'embrassa sur les deux joues, une autre me tapota affectueusement la tête. A un moment donné Van Rode surgit devant moi, sourit et disparut. "Il faut qu'on se parle !" dit un petit homme à lunettes rouges. Un type barbu voulait une interview.

Lorsque je me réveillai le lendemain matin, il y avait quelqu'un dans ma chambre. C'était un homme de taille moyenne, dans les quarante-cinq ans, bien rasé et portant des lunettes cerclées de rouge. Il se tenait à la fenêtre, auréolé par la lumière matinale, telle une illusion qui refusait obstinément de se dissiper.

"Enfin ! dit-il. Votre logeur m'a laissé entrer, un très gentil monsieur, d'ailleurs. Vous dormez longtemps, dites donc ! Il faut qu'on se parle."

C'est là seulement que je le reconnus. Et donc on s'est parlé. Il s'appelait Wellroth, il était agent. Avant il s'était occupé d'une compagnie de cirque mondialement connue, puis d'un éminent boxeur poids moyen et enfin d'un hypnotiseur de légende. A présent – ce que nous devions considérer tous deux comme un heureux concours de circonstances –, le hasard voulait qu'il soit justement libre et prêt à se consacrer à un nouveau projet. Non qu'il manquât d'offres, oh non, vraiment pas, mais il recherchait quelque chose de surprenant, de novateur, bref : moi. Voilà le contrat. Il posa sur ma couette quelques feuilles agrafées et imprimées en petits caractères. Tenez, un stylo bille.

Je feuilletai le contrat jusqu'à la dernière page où une fine ligne pointillée attendait mon nom. Je bâillai et signai.

"Vous ne voulez pas le lire en entier ? Au moins une fois... ?

— Je veux dormir", dis-je. Pendant un moment il me regarda fixement, la bouche entrouverte, puis il saisit les feuilles, bredouilla une salutation et sortit.

Nous sommes entourés de forces malfaisantes, la corruption est partout aux aguets, la candeur est un luxe que nous ne pouvons pas nous permettre. C'est presque toujours vrai, mais parfois on peut aussi avoir de la chance. Wellroth, j'aimerais le dire haut et fort et je le répéterai maintenant et dans chaque existence future où je pourrai emporter ma mémoire, s'avéra le meilleur et le plus habile agent que j'eusse pu avoir. Je le connais à peine, je ne sais rien de lui ; j'ignore s'il a une famille, une femme, des enfants, à vrai dire j'ignore même son prénom. Nous n'avons pas échangé plus de dix phrases sur notre vie privée ; notre relation est restée distante, professionnelle, sereine et parfaite.

Dans les jours qui suivirent, mon nom fit des apparitions dans les rubriques mineures de plusieurs journaux. Je reçus la visite d'une équipe de télévision composée d'une journaliste fardée, d'un caméraman ébouriffé et d'un preneur de son à l'avenant. Ma chambre semblait leur plaire, ils en filmèrent chaque détail avec soin, la table, le lit défait, les carrés du papier peint, le couple de logeurs nous épiant en silence et avec curiosité par la porte entrebâillée. Ils dirigèrent seulement ensuite la caméra sur moi. C'est quoi au juste votre truc, demanda la journaliste, avec les pièces de monnaie qui brûlent ? Ce n'est pas un truc, répondis-je, c'est de la magie. Elle se racla la gorge, lança un regard incertain à la caméra et passa vite à la question suivante. Où avais-je appris tout cela ? Auprès de Blaise Pascal, dis-je, et de Jan Van Rode. La caméra, le micro et un petit projecteur, minuscule mais très gênant, furent débranchés, on prit congé. Ah, une dernière chose : pouvais-je lui donner l'adresse de cet homme, mon professeur, ce Français ? Pascal, dis-je sur un ton navré, avait un numéro secret et était très difficile à joindre. Elle me remercia et partit.

Wellroth me fit de violents reproches ; je devais lui promettre de ne plus accorder d'interviews sans lui laisser régler les détails. "Mais enfin, s'écria-t-il, on ne laisse pas une équipe de télévision entrer dans sa chambre à coucher ! Et si cela se produit, on fait au moins son lit au préalable… !"

La semaine suivante arrivèrent d'autres demandes et j'en acceptai quelques-unes sur les conseils de Wellroth. Des gens se ressemblant tous me posaient sur le même ton des questions se ressemblant toutes et auxquelles je répondais aussi poliment que possible. Non plus dans ma chambre mais dans un élégant café rutilant de glaces et choisi avec goût par Wellroth.

"Et maintenant, dit-il, les propositions vont venir."

Cinq soirées au théâtre Goethe tapissé de velours écarlate dont deux devant un public d'abonnés et une troisième retransmise à la télévision. Une soirée dans une salle de concert devant trois mille spectateurs. Une matinée avec le quatuor à cordes Brahms. Une apparition en vedette à Londres. Et encore une soirée en solo au théâtre Goethe.

Je voulais à présent que mon spectacle repose sur un nouveau programme. J'avais récemment emménagé dans un nouvel appartement – cinq grandes pièces blanches aux parois de verre. L'une des pièces ne comportait qu'une planche à dessin, un pupitre et un bureau. Il y avait du papier – uni, à lignes, à carreaux et aussi du papier millimétré –, des règles de grande précision, plusieurs calculatrices, de l'encre de quatre couleurs différentes, des plumes et des quantités de crayons bien taillés. Une lucarne dégageait la vue vers le haut ; si je la gardais fermée, les bruits restaient dehors et je me retrouvais seul avec le ciel aux nombreuses nuances de bleu. Seul le sommet d'une tour de télévision faisait irruption dans le tableau.

Je restai plus d'un mois dans mon bureau. J'avançais étonnamment vite ; si j'étais un peu plus enclin au romantisme et au pathétique, je parlerais d'inspiration. Mais je n'ose pas, étant donné qu'il s'agit d'un travail qui reste malgré tout de nature mathématique et, au sens le plus noble du terme, technique. Ce n'est pas méprisant, bien au contraire. Je l'ai dit et je le redis encore et encore : en aucune manière nous ne nous rapprochons autant du miraculeux qu'en présence des nombres. L'infini terrifiant qui nous sépare de l'au-delà n'a été vaincu que par le Christ ressuscité et la courbe géométrique ; il est étrange et effrayant de penser qu'ils pourraient ne faire qu'un.

Je définis au millimètre près la zone dans laquelle je me déplacerais et j'attribuai à chaque pas, chaque geste, chaque action une portion bien définie d'un temps imaginaire et inexorable. J'étais désormais persuadé qu'un magicien devait avant tout maîtriser le feu, l'élément le plus immatériel, le moins terrestre de tous. Je tirai en outre parti des bizarreries de l'optique – quel objet est plus surprenant qu'une lentille ? – ainsi que des méandres, hameçons et trappes de la pensée pure. Les deux tiers des gens auxquels on demande de nommer un chiffre citent le trois ou le sept. Pourquoi donc ?

L'un des inconvénients, c'était que j'avais besoin d'assistants. Une partie de ce que j'avais en tête ne pouvait être accomplie par moi seul. J'avais reçu quelques dizaines de lettres d'admirateurs ne sachant pas rédiger, parmi lesquels une quantité surprenante de jeunes gens qui voulaient devenir magiciens. On n'a aucune idée du nombre de cervelles hantées par le désir de sortir de l'anonymat pour grimper jusqu'à la gloire, au clair soleil de la vie publique, à la lumière. Je regardai donc les lettres attentivement, éliminai les illisibles, examinai le reste avec le peu d'intuition dont je suis capable et finis par demander conseil à Van Rode.

"Je regrette, dit-il, je ne peux pas vous aider. J'ignore comment on choisit des disciples. Je n'ai jamais fait ça.

— Vous m'avez choisi, moi, dis-je.

— Ah, tenez, puisqu'on en parle – avez-vous déjà gagné beaucoup d'argent ? Gerda et moi, nous avons toujours voulu faire le tour du monde."

Je fis venir un par un cinq de mes admirateurs et je m'entretins avec eux. Trois ne faisaient pas l'affaire et j'acceptai les deux autres avec hésitation. Une jeune fille de vingt ans appelée Gina, sans charme mais sérieuse, et un garçon de dix-neuf ans, Paul. A ma grande surprise, Van Rode m'en envoya un troisième, un jeune homme éloquent, peu sympathique mais doué, qui s'était contenté jusque-là de soutirer de l'argent à des passants naïfs grâce au jeu interdit des coquilles de noix.

J'essayai de leur faire comprendre ce que j'attendais d'eux. Ils travaillèrent leurs pas, leurs gestes et se donnèrent autant de mal qu'ils en étaient capables. Les répétitions avaient lieu sur scène dans le silence glacial de la salle vide, sous le seul regard de deux éclairagistes en train de fumer. Quelle joie de voir mon plan devenir réalité et s'y insérer sans ligne de faille ni fissure. Oui, cela allait marcher !

J'entrai sur scène sans musique ni roulements de tambour, mais dans la lumière claire et calme des projecteurs. Derrière moi ondulait un rideau de velours noir ; le courant d'air y créait de petites vagues. J'étais vêtu avec simplicité, presque avec négligence. Je ne m'inclinai pas. Je me contentai de lever une main, de claquer des doigts et, pendant une brève seconde qui dura une éternité, je fus entouré de flammes bleues pointues. Quelqu'un poussa un cri étouffé ; des murmures épouvantés parcoururent les rangées. Je ne pus m'empêcher de sourire. Cela commençait bien.

Oui, ils étaient sous mon emprise. Ils applaudissaient quand mon plan les sommait d'applaudir, ils criaient quand il leur ordonnait de crier et se taisaient quand il leur disait de se taire. Lorsque j'invitai un gros monsieur affable et un peu gêné à monter sur scène et le métamorphosai d'un geste de la main en une colonne blanche incandescente sans le faire réapparaître, je fis face un quart d'heure durant à un silence oppressé. Exactement comme prévu.

Quand je me concentrai, je pouvais entendre mes assistants se déplacer derrière moi avec discrétion. Si je les avais regardés – ce que je ne fis pas, bien entendu –, j'aurais distingué leurs silhouettes fantomatiques et irréelles ; mais je savais que personne dans le public ne pouvait en faire autant. Entre moi et les spectateurs se croisaient les faisceaux lumineux de plusieurs projecteurs, déposant un brouillard de lumière diffuse devant la scène. Mes assistants étaient vêtus de la tête aux pieds du même velours noir que celui du rideau, ce rideau toujours en léger mouvement ; ils portaient même des gants, des lunettes et des masques. D'en bas ils étaient aussi invisibles que des pensées ou des anges. C'est un vieux principe, sur lequel repose la fameuse lanterne magique, mais il reste toujours aussi surprenant et efficace. Même pour quelqu'un qui le connaît et perce son secret, l'illusion garde toute sa beauté, comme il en va des vieilles preuves de l'existence de Dieu.

Lorsque j'invitai les spectateurs – tous mais chacun en particulier – à penser à un nombre et que je leur fis faire quelques opérations simples avec ce nombre avant de le nommer à voix haute – un nombre unique, le même pour toutes les personnes de la salle –, l'étonnement fit pour la première fois place au tumulte : des exclamations de surprise, des toussotements effrayés, des chuchotements et même quelque part des sanglots. Lorsqu'une boule de feu surgit silencieusement des ténèbres de la salle, flotta au-dessus des têtes et roula jusqu'à mes mains où elle se figea en une boule de verre réfléchissante, je dus m'interrompre brièvement et attendre – mais pas plus longtemps que prévu –, avant de pouvoir continuer. Vers la fin de la représentation les applaudissements s'amplifièrent de façon menaçante ; je crus même y déceler de l'agressivité, voire de la colère. Après l'effet final, la métamorphose d'un bâton de bois dur en un gros serpent vivant (un plagiat, je l'admets), un tonnerre presque effrayant de hurlements, d'applaudissements et de cris de joie s'abattit sur moi. Je restai debout là une demi-heure en m'inclinant de temps à autre. Mes assistants s'inclinèrent aussi mais, comme ils étaient dans leurs tenues de camouflage, personne ne s'en aperçut ; je leur avais strictement interdit de se montrer. Non par vanité, mais pour préserver l'illusion – le seul devoir moral d'un magicien. Un illusionniste n'a pas le droit d'avoir de collaborateurs, ou alors il avoue être un imposteur et un comédien. Peut-on imaginer Merlin avec une troupe d'assistants ?

Derrière la scène Wellroth vint vers moi d'un pas maladroit et m'enlaça en silence. Je me dégageai et allai dans ma loge. Pendant que j'en étais encore à enlever l'épais maquillage brunâtre au beurre de cacahouète, les premières personnes venues me féliciter entrèrent avec fracas. Des inconnus, des bataillons d'inconnus, s'attendant tous à être connus de moi. Surgirent alors, dans une concordance troublante et digne d'une *fata morgana*, Reggeweg et Raspowitz, mes anciens tentateurs des bas-fonds. Ils semblaient être venus ensemble (d'où se connaissaient-ils ?) pour assister à mon spectacle. Tandis que l'un me serrait la main en silence d'un air ému, l'autre tentait de me débiter une histoire au sujet de *Chez Janine* et d'une menace de faillite. Mais tous deux furent bientôt absorbés par la foule et ne refirent plus surface. Un photographe brandit un appareil photo tout près de moi et appuya sur le déclencheur ; le flash me brûla les yeux.

Quand j'y vis à nouveau clair, le père Fassbinder se tenait devant moi. Plus grand et plus maigre qu'autrefois, vêtu d'un costume noir, des lunettes sombres sur le visage.

"C'était bien, dit-il, pas mal du tout.

— Merci, répondis-je. Je ne voudrais pas paraître impoli, mais…

— Je sais, je suis aveugle. C'est gentil à toi de me le rappeler. Disons que ce que j'ai compris m'a plu. Je n'ai sans doute pas saisi grand-chose. Peut-être que je voulais simplement dire quelque chose d'amical. Cela te plaît donc davantage ? C'est ce que tu voulais ?

— Oui, dis-je, je crois bien.

— J'ai pourtant le sentiment que tu te fais des idées. Arthur, tout ceci est un spectacle. Une représentation théâtrale. Du divertissement pour des citoyens qui paient. C'est peut-être très bien, mais ce n'est rien de plus.

— Si, dis-je. Oh que si ! C'est plus que cela. C'est autre chose !"

Derrière moi quelqu'un lança en l'air une poignée de confettis ; je fus entouré d'une neige de flocons multicolores en papier. Wellroth cria quelque chose. Un homme en sueur avec une caméra de télévision à l'épaule tentait de se frayer un chemin jusqu'à moi.

"Bien, dit le père Fassbinder. Il n'est pas de mon devoir de briser tes illusions. Plus maintenant. Je te souhaite bonne continuation. Je te le souhaite vraiment."

Il fit un petit geste de la main et un jeune homme à l'air timide et sacerdotal le prit par le bras. Il avait dû se trouver près de nous tout le temps mais je ne l'avais pas remarqué. C'était sans doute un novice, un étudiant, voire un ange gardien subalterne. Tous deux se retournèrent, s'en allèrent à petits pas prudents et la foule se referma sur eux. Quelques secondes plus tard, je fixais l'œil gris foncé de la caméra de télévision.

"Arthur ! s'écria un homme à bout de souffle. Je peux vous appeler Arthur, n'est-ce pas ? Qu'avez-vous l'intention de faire à présent ?"

Je le regardai, puis la caméra, puis à nouveau lui. Je parvins à sourire. "Une chose avant tout, dis-je. Ne plus donner d'interviews. Ni à vous ni à qui que ce soit. Plus jamais." Je lui fis un signe de tête et m'en allai. Les gens devant moi s'écartèrent, personne ne se trouva sur mon chemin, personne ne me toucha. A la porte Wellroth voulut me retenir mais moi, souriant toujours par distraction, je le dévisageai et il recula pour me laisser passer. Dans la rue il faisait froid, les étoiles brillaient, lointaines et indifférentes. La tour de télévision pointue scintillait. Dix minutes plus tard j'étais chez moi.

Le lendemain une photo de moi, toujours la même, trônait sur la page de couverture de deux luxueux magazines en couleur à grand tirage. La photo était mauvaise, surexposée, j'étais blafard et je souriais d'un air désemparé. L'une était titrée "Abracadabra", l'autre "Magic Beerholm". Je me trouvais devant les rayonnages, observé avidement par le propriétaire et deux acheteurs de cigarettes, et je contemplais avec un mélange de dégoût et de pitié mon visage affreusement multiplié. Il serait acheté, rapporté chez soi, effleuré des milliers de fois par des doigts moites, froissé, jeté, rabaissé au rang de papier d'emballage pour le poisson, la viande, la laitue. Abracadabra. Magic Beerholm. Une envie de meurtre subtile et douceâtre m'effleura ; j'aurais aimé voir mourir ceux qui avaient inventé ces gros titres. Et en même temps je voulais être loin, invisible, n'être jamais venu au monde. Je sortis sans acheter quoi que ce soit, pas même les cigarettes pour lesquelles j'étais venu. A la maison m'attendait le courrier où figuraient sous forme de photocopies couleur soignées les deux pages de couverture avec les articles, envoyés par l'attentif Wellroth. Je les déchirai lentement, pensivement en vingt, cent, cinq cents petits morceaux, j'ouvris la fenêtre et les jetai dehors. Le vent les saisit, les souleva et les emporta vers la tour de télévision.

Le téléphone sonnait à intervalles de plus en plus rapprochés : des reporters voulaient des interviews ; je les refoulai. Un acteur sans emploi cherchait du travail ; je n'en avais pas à lui proposer. Un ivrogne réclamait de l'argent ; je lui en promis un peu. Une femme souhaitait m'épouser ; je refusai poliment. Un détraqué voulait me chanter quelque chose – ce fut le dernier appel que je pris. Après cela je débranchai le téléphone et m'enfermai dans mon bureau.

Notre tournée commença un mois plus tard. Ce fut un long voyage fatigant, stérile et glorieux. Je me rendais dans les capitales et dans de tristes bourgades de province. Où que j'aille, des affiches arborant mon nom jaunissaient déjà sur les façades des maisons ; avec le temps il me semblait que la terre entière en était placardée, et je commençais à me sentir omniprésent. Je traversai toute la vieille Europe mais j'en vis peu de chose. Seulement des rues, des estrades, des chambres d'hôtel. Le public paraissait identique partout : bruyant, étonné, crédule et enthousiaste. Je ne me rappelle aucune curiosité touristique ; en faisant beaucoup d'efforts, je revois tout au plus les diverses nuances bleutées de la lumière projetée par la lune sur divers plafonds de chambres que je scrutai durant de longues nuits d'insomnie.

Le fait que j'étais de nouveau riche (jusqu'à quel point, je ne saurais le dire, cela relevait de la compétence de Wellroth) ne me procurait pas de joie particulière ; je considérai – en dépit du bon sens – mon aisance financière comme l'état normal des choses et ma pauvreté passée comme un intermède absurde. Toujours est-il que j'étais à présent en mesure d'offrir un tour du monde à Jan et Gerda Van Rode.

Je visitais donc des endroits qui se ressemblaient tous, j'étais de plus en plus célèbre et je pensais à toi. As-tu encore mes lettres ? Les lis-tu parfois ? Les sors-tu du fond sombre d'un tiroir, entourées peut-être d'un petit ruban ? Au cas où tu voudrais un jour les vendre, ne tarde pas trop ! Les conditions favorables à la renommée sont brèves et imprévisibles.

A vrai dire, je ne pensais pas si souvent que cela à toi. Bien sûr, tu étais toujours présente en un recoin obscur de ma vie consciente, mais sa plus grande partie, celle qui se déroulait, vaste et claire, dans les théâtres et les salles de réception, était remplie par mes représentations quotidiennes. Oh, c'était merveilleux ! Qui peut décrire mon enthousiasme toujours neuf devant la réussite sans cesse renouvelée, l'ingéniosité du concept, l'exactitude de la réalisation, la beauté, le miracle ! Ce que je montrais là était – je le dis avec toute l'humilité possible, les yeux baissés, les mains jointes – vraiment excellent. Un jour, en France je crois, le spectacle fut retransmis à la télévision, devenant ainsi accessible à une multitude innombrable, des milliers multipliés par des milliers. Tant d'êtres humains ! C'était très étrange, mes gestes me paraissaient plus amples, comme si j'étais couronné de rayons, d'une aura électrique qui se propageait au loin. Au-dessus de moi semblait se dresser un Arthur Beerholm gigantesque qui s'étendait pour remplir le vaste éther vibrant. Je ne supporte pas la télévision, c'est vrai, mais ce fut là une expérience singulière et remarquable.

Le code de l'honneur des illusionnistes amateurs et professionnels en haut-de-forme stipule qu'"on doit toujours laisser entrevoir que ce qu'on fait est une ruse, une plaisanterie, une amusante bêtise. Il ne faut jamais prétendre pratiquer la magie !" Je ne suivis pas ce précepte. Celui qui arbore un sourire crispé, comme pour s'excuser, dès qu'il entreprend quelque chose, est un clown et non un magicien. En outre, j'ai toujours trouvé la frontière séparant le royaume imaginaire de mes rêves et cauchemars de la réalité, ou ce qu'on nomme ainsi, étonnamment poreuse. Je ne suis pas capable de faire de distinction là où je n'en vois aucune, ou de fort douteuses. – Bien sûr, cela eut des conséquences. Quelques binoclards prétentieux s'érigèrent en rationalistes (comme si je n'étais pas plus rationaliste qu'eux tous réunis !), se rassemblèrent et m'accusèrent de tromperie et d'escroquerie dans des articles rageurs et truffés de fautes d'impression. Tel ou tel magicien professionnel se donna pour mission d'informer le peuple en dévoilant sur du papier brillant émaillé de photos les secrets qui se cachaient derrière mes tours. Des solutions chaque fois si ridicules, si maladroites et invraisemblables qu'il ne se trouva sûrement personne entre ciel et terre pour se laisser convaincre. En fin de compte, ma réputation sortit plutôt grandie de ces amusantes querelles. Selon la rumeur – mais n'y croyons pas trop vite – il arriva que, dans certaines contrées rurales et coupées du monde, mon nom fût associé à celui de quelque personnage de légende suscitant l'effroi ; j'apparaissais semble-t-il ici et là dans les histoires lues le soir par des mères à leurs enfants en proie à l'intoxication audiovisuelle, dans l'espoir de les calmer. Il m'arrivait même régulièrement de percevoir chez ceux auxquels j'étais présenté une crainte vague et confuse, ce qui ne me procurait que rarement – comme dans le cas de ma méchante belle-mère qui semblait tout droit sortie d'un conte de fées – une joie maligne. Un jour, dans une région lointaine et sans attrait, se constitua un club de cinq ou six aliénés qui me tenaient pour un messager du Ciel ou, les avis divergeaient sur ce point, du Nirvana. Ils m'écrivirent environ deux cents lettres rédigées pour la plupart sous forme de prières, et j'en lus quelques-unes avec un certain intérêt. Quand ils s'aperçurent que leurs efforts étaient vains, ils me maudirent officiellement et jetèrent leur dévolu sur un prophète portugais qui avait eu de sombres révélations à la vue d'un OVNI.

Cette prise de position me valut en tout cas une vive aversion de la part du Cercle de la magie et d'autres confédérations de magiciens. Cela ne me dérangeait pas car j'avais un deuxième principe qui m'interdisait tout contact avec n'importe quelle association officielle ; je n'étais ni membre, ni membre associé, ni candidat à l'adhésion. Le président de l'International Brotherhood of Magicians, un certain Kinsly, m'adressa plusieurs lettres, amicales au début, menaçantes par la suite. Comme je n'avais toujours pas adhéré, il en vint au pire et lança un appel plurilingue à tous les membres de son association les informant qu'ils ne devaient ni me considérer comme un collègue, ni me transmettre le moindre de leurs secrets mais m'ignorer par tous les moyens. Wellroth fit en sorte que des extraits en soient diffusés le plus largement possible. Il voyait là une excellente publicité.

X

“Vous reprendrez bien un verre ? C’était grandiose, au fait, vraiment grandiose ! Ça m’a *franchement* impressionnée !”

J’acquiesçai, pris une coupe de mousseux, jetai un œil sur le liquide qui scintillait faiblement, bus et la reposai. Mon hôtesse était toujours auprès de moi. Elle me regarda, arbora un large sourire et ne trouva plus rien à dire. Elle dodelina alors de la tête en guise d’excuse et se dirigea résolument vers un groupe de vieux messieurs. Il restait devant moi cinq coupes pleines qui n’intéressaient personne. Je saisis la première.

Je ne connaissais aucun de ces gens. Pour une raison quelconque, ils s’étaient réunis ici afin de célébrer un événement dont je ne savais rien. Mais ils m’avaient engagé et ils payaient très bien.

J’avais déjà trop bu. Je ressentais un léger frisson et une vague sensation de vertige qui m’était presque agréable.

L’hôtesse revint vers moi accompagnée d’un monsieur aux cheveux gris et aux sourcils arqués portant une épingle de cravate qui étincelait avec frénésie.

“Permettez-moi de vous présenter…” C’est ce qu’elle fit. Le nom de la personne en question ne m’était pas inconnu ; c’était comme un écho provenant du monde de l’économie ou d’un autre domaine tout aussi assommant. J'aperçus soudain derrière moi une petite table de marbre ; je posai les mains dessus. Elle était froide et solide au toucher, mais ce n'était qu'une impression. La petite table recula, effrayée.

Le monsieur dit quelques mots sur sa joie de faire ma connaissance. Je le regardai avec agacement ; son épingle de cravate me déconcertait. Les coupes avaient-elles disparu ? Elles avaient disparu. Que disait-il ?

"… peut-être me faire une petite démonstration ? Un tour ? S'il vous plaît !" Il arrondit les lèvres et m'adressa un sourire plein d'espoir.

Dieu du ciel, c'était une plaisanterie ! Mais qu'est-ce qu'il s'imaginait… ! Je m'apprêtai à faire non de la tête avec indignation…

Et c'est là qu'il se passa quelque chose. J'ignorais quoi au juste. J'éprouvais soudain une assurance étrange.

"Pensez à un nombre ! dis-je. N'importe lequel."

Il leva les yeux au plafond, plissa le front, se concentra et y parvint en effet.

"Vingt-huit", dis-je.

Il recula d'un pas et sa mâchoire inférieure s'abaissa vers sa poitrine. "Mon Dieu, dit-il à voix basse.

— Un autre nombre, s'il vous plaît !"

Il acquiesça.

"Deux cent quatorze. Encore une fois ?"

Il me contempla, il respirait difficilement. "Non, dit-il, non merci." Il se retourna sans un mot et s'en alla à petits pas raides.

"Pas mal du tout ! dit l'hôtesse en souriant. Comment est-ce que vous avez fait ?"

Je la regardai. Levez le bras, pensai-je, et passez la main sur votre tête. Puis laissez tomber votre coupe.

“Vraiment impressionnant, dit-elle en caressant ses cheveux de la main. Vous savez, on a récemment offert à mon neveu une mallette de magicien. Il vient d’avoir douze ans et – oh, comme je suis maladroite… !”

Debout là, sa coiffure défaite, elle regardait d’un œil perplexe les débris de verre et le mousseux qui se répandait sur le tapis avant d’être absorbé par lui. “Ça ne fait rien, ça se nettoie. Tout se nettoie. Donc, mon neveu…”

Un homme maigre avec une tache de vin, l’air très digne et sérieux, se dirigeait au même moment vers le buffet. Je l’observai, songeur. “… mais sa mallette lui pose quelques problèmes. Rendez-vous compte, il dit par exemple…” Une femme poussa un cri, quelqu’un s’exclama. On accourut et on se pencha. L’homme à la tache de vin se relevait en se frottant le dos. Il était un peu pâle. “Rien de grave, dit-il, rien de grave !”

“… puis il nous a montré un petit tour tout à fait *charmant*, il est vraiment doué, vous savez…

— Excusez-moi !” dis-je, et je m’en allai. Je perçus son regard ébahi mais cela m’était égal. Je descendis un escalier, traversai un vestibule plaqué de marbre et me retrouvai dans la rue.

Dehors, il faisait sombre et froid. Il avait dû pleuvoir car la chaussée était humide et la lueur des réverbères se reflétait dans les flaques. Je sentis mes mains trembler, mon cœur battait vite et fort. Je glissai les mains dans les poches de mon pantalon et me mis en route.

Au bout de quelques pas, je regrettai déjà d’être parti. Là-bas, au moins, il y avait du monde alors qu’ici j’étais seul. Je m’arrêtai.

De l’autre côté de la rue se trouvait une grande vitrine carrée et illuminée. Un mannequin bien habillé tenant un sac en peau de crocodile avait les yeux braqués sur moi. J'avalai ma salive. Mon cœur battait avec l'intensité d'un roulement de tambour ; je m'adossai à la façade d'une maison qui sembla vibrer à mon contact. Le mannequin me regardait, je le regardais. Eh bien soit. Je sortis la main droite de ma poche, la contemplai et fis un geste furtif en direction de la vitrine, étendant à peine les doigts, esquissant un signe.

Le verre se brisa avec un son aigu et chantant ; des éclats martelèrent le trottoir pendant plusieurs secondes. Le mannequin bascula vers l'avant avec une lenteur infinie, comme s'il devait d'abord surmonter un obstacle, puis il finit par perdre l'équilibre, tomba… et s'écrasa avec un bruit sourd sur l'asphalte.

Pendant un long, très long moment, il ne se passa rien. Strictement rien. Le monde s'était arrêté, le temps s'était figé. Retentit alors une claire sonorité électrique : une alarme se déclencha. Un hurlement artificiel s'amplifia, diminua, s'amplifia, résonna dans la rue déserte. Qui soudain ne l'était plus. Des voitures défilaient, des gens regardaient par les fenêtres, un groupe indistinct de promeneurs surgit, au loin riposta une sirène de police. Je parvins tant bien que mal à poursuivre mon chemin.

Je m'aperçus alors que je n'étais plus entouré de maisons mais d'arbres. Des arbres chétifs, sans feuilles, courbés, et aussi quelques buissons clairsemés. Je devais me trouver dans un parc. Sous mes pieds crissait du gravier.

Je m'arrêtai. Au-dessus de moi les arbres s'élevaient dans les nuages nocturnes ; un avion dessina une courbe lumineuse dans le ciel ; au loin scintillaient des réverbères. J'étais seul. Je sentis des gouttes de sueur dégouliner sur mon front. J'effleurai ma tête ; j'avais l'impression intime que mes cheveux se dressaient sur mon crâne. Mais ce n'était pas le cas, ils étaient aplatis et humides. "Du calme ! dis-je à voix basse. Du calme !" Je tentai de penser à une vérité quelconque, simple, rassurante : la classification périodique des éléments, le Notre Père, la formule permettant de résoudre les équations du second degré mais rien, rien de tout cela ne me revint à l'esprit.

Fallait-il retenter l'expérience ? Peut-être que tout cela n'était que le fruit de mon imagination ! Devais-je ordonner à ce banc public, là-bas, de se renverser, devais-je éteindre un réverbère ou fracasser un de ces arbres… ? Non, je n'osais pas. Ce serait terrible si… si j'y parvenais. Et si je n'y parvenais pas ? Ce serait tout aussi terrible. Mais, à vrai dire, j'étais certain d'y arriver ; quelque chose en moi *savait* qu'eux tous, banc, réverbère, arbre, obéiraient.

Avais-je toujours un doute ? Ou n'avais-je pas plutôt, au-delà de toute appréhension, l'envie de revivre cette expérience ? Toujours est-il que je me retournai brusquement. Derrière moi se blottissait un petit buisson mal taillé aux branches sèches et arborant quelques fleurs piquées en désordre. Il semblait m'attendre là, Dieu sait depuis combien de temps. Je baissai les yeux vers lui puis, tout à coup, presque contre mon gré et à ma plus grande frayeur, je formulai, non, je pensai un ordre.

En plein cœur du buisson, entre deux branches frêles, un point se mit à briller. Il flotta là un instant, calmement, comme une petite lueur blanche. C'est alors qu'il se déplaça en silence et avec une lenteur étrange. Apparut ensuite un deuxième point, un troisième, un quatrième, puis toute une série, et le fourré semblait à présent moucheté de minuscules étincelles vivantes. Une feuille crissa, prit une teinte brunâtre, se recroquevilla, tomba en cendres ; une première flamme jaune vint lécher une branche qui soudain – prit feu. Puis tout le buisson s'embrasa ; de longues flammes effilées dansaient sur le branchage, les feuilles se détachaient, les rameaux se tordaient et se cassaient tandis qu'on ne percevait plus que le chuchotement sonore et caractéristique du feu. Ses reflets répandaient sur le parc une clarté pâle ainsi qu'une armée d'ombres tremblantes et sautillantes. Une vague de chaleur m'atteignit au visage, je sautai en arrière et levai les mains pour me protéger.

C'est là que j'entendis un cri. Ce devait être tout près de moi ; une voix aiguë, plutôt désagréable, oppressée par une peur atroce. Et cette voix me semblait familière ! Après un bref instant de réflexion, ma mémoire vint à mon secours et je reconnus la voix. Je fermai la bouche, le cri cessa.

Le feu s'effondrait déjà sur lui-même et il ne restait plus grand-chose du buisson. Une tache ronde de couleur noire apparut et s'étendit ; de petits blocs de braise jaune roulèrent dessus, s'arrêtèrent, prirent une teinte rouge, grise, puis s'éteignirent. Je devais partir d'ici, maintenant ! Je m'arrachai de là avec toute la force dont j'étais capable. Je me mis à courir.

Et je courais toujours. Des maisons défilèrent, encore et encore ; une allée de réverbères se déroula à côté de moi ; des bouches d'incendie surgirent sur mon chemin et ne m'évitèrent qu'au dernier moment. On me bouscula à plusieurs reprises, un homme grogna, une vieille femme poussa un petit cri courroucé, un chien gémit. J'entendis à un moment donné un grincement de freins près de moi puis, plus près encore, un coup de klaxon.

Je ne m'arrêtai que lorsque je me sentis incapable de continuer. Je me retins à quelque chose en pierre – en y regardant de plus près, je vis que c'était le piédestal d'une statue, un homme grand au regard blasé qui portait une hallebarde – et je tentai de retrouver des forces. J'entendais ma respiration bruyante, rapide, saccadée. Une voiture passa devant moi, puis une deuxième. Un homme sortit d'une maison, tourna au coin d'une rue et disparut. Le ciel était encore très noir. C'est seulement là que je remarquai la bouche de métro. L'escalator fonctionnait et m'amena jusqu'en bas.

Un quai désert : un banc en plastique, deux canettes de Coca-Cola aplaties, une affiche arborant un géant hilare en jeans. Il portait un chapeau, était mal rasé, et derrière lui s'étendait jusqu'à l'horizon une plaine rouge et rocailleuse. Des quantités de mégots consumés et écrasés. Je m'assis.

"Hé ! Vous !" Une main me toucha, je poussai un cri… Deux enfants. Des garçons de douze ou treize ans peut-être, aux grands yeux curieux, un peu timides.

"Est-ce qu'on pourrait… un autographe… s'il vous plaît ?" J'acquiesçai en silence. L'un d'eux me tendit un bout de papier légèrement froissé ; je cherchai à tâtons la poche de ma veste : un stylo bille s'y trouvait bel et bien. Je le sortis, enlevai le capuchon, signai. J'eus du mal au début car ma main tremblait trop et je finis par tracer une simple ligne courbe en zigzag. Ils me remercièrent, prirent papier, stylo bille et s'en allèrent. Ils se volatilisèrent en quelques secondes, comme aspirés par la terre. Je m'aperçus qu'ils avaient emporté mon stylo. Et, en dépit des circonstances, cela m'énerva.

Toujours pas de métro. L'homme de l'affiche souriait d'un air narquois, le paysage dans son dos paraissait étrange et hostile. Je contemplai une des deux canettes de Coca déformées ; quand mon regard la frôla, elle fit une cabriole qui produisit un son métallique. Je regardai vite ailleurs et fermai les yeux. Je perçus aussitôt un mouvement près de moi ; je tournai la tête mais ne vis rien.

Le métro ! Dans l'ombre du souterrain surgirent deux lumières grandissantes qui déplaçaient un flot d'air confiné. Le métro s'arrêta en grinçant, les portes s'ouvrirent. Je montai. Dans la rame étaient assis une vieille femme, un homme renfrogné et un ivrogne endormi avec une bouteille vide, presque vide, entre les genoux. Je me dirigeai vers un siège inoccupé et m'affalai dessus. Le métro démarra et fut enserré par les ténèbres.

"Vous !" La vieille femme fixait sur moi son regard de tortue. "Vous !

— Oui ? demandai-je ; je remarquai que j'avais chuchoté et répétai, à voix haute cette fois : Oui ?

— N'êtes-vous pas… ? N'êtes-vous pas… ? Etes-vous… ?

— C'est bien moi.

— Ah !" s'écria-t-elle. Et elle regarda l'obscurité qui défilait derrière la vitre. A l'évidence, l'information lui suffisait, elle semblait m'avoir déjà oublié. La station suivante apparut, les portes s'ouvrirent. Mais personne ne monta, les portes se refermèrent, l'obscurité retomba.

"De quoi qu'il s'agisse, dis-je à voix basse, je n'en veux pas. Il faut que cela cesse !"

Je levai les yeux : au-dessus de moi se balançait, avec les mouvements du métro, une petite affiche bariolée : une bouteille jaune de limonade surmontée de l'inscription en caractères gras : *C'est ce que tu veux !*

"Non, dis-je, non. Ou peut-être que si, mais plus maintenant. Je n'en veux plus !"

Le métro s'arrêta, je me levai. Les portes s'ouvrirent, je sortis d'un pas chancelant. La vieille femme cria quelque chose dans mon dos ; je me retournai mais les portes s'étaient déjà refermées. Le métro démarra, accéléra et disparut dans le souterrain.

De nouveau un escalator ; la terre semblait couverte d'escalators. Il m'amena en haut et me déposa dans un nouveau lieu, sombre et peu fréquenté.

Je sais, me dis-je, que je pourrais tout perdre. Je sais bien que c'est ce que je voulais. Mais je n'en veux plus. Je ne suis pas à la hauteur. Je n'en suis pas capable. Je ne suis pas Merlin. Je ne suis pas un magicien. Je me suis trompé.

"Avez-vous bien conscience, me demanda un policier, de ce que cela signifie ?

— Quoi ?" Je le dévisageai.

"Avez-vous bien conscience, répéta-t-il d'un air impassible, de ce que cela signifie ?"

Je me détournai et voulus courir, courir, mais je n'en avais plus la force. Je me mis donc à marcher, aussi vite que mes jambes faibles et douloureuses me le permettaient encore. Puis, je ne pus faire autrement – je me retournai. Le policier me suivait des yeux.

Je tournai en titubant à l'angle saillant de la maison suivante et continuai de me traîner droit devant, un pas après l'autre. J'aurais presque tout donné pour pouvoir courir. Mais je n'y arrivais pas, je n'y arrivais pas.

Je m'arrêtai. Et je me plantai au beau milieu de la rue, dans la lumière blanchâtre d'un réverbère au néon. Elle était très vive et m'aveuglait tellement que pendant une seconde je ne vis plus rien.

"Non, dis-je. Non ! On en reste là ! J'ai peur, je ne veux pas et je ne peux pas ! La réponse est non. Non."

Au-dessus de moi s'ouvrit une fenêtre. Une voix étonnamment haute et claire déclara : "Comme tu veux ! Mais tu vas voir ce que tu vas y gagner."

La fenêtre se referma d'un coup sec. Je sentis soudain que quelque chose se dirigeait vers moi, quelque chose de grand, de rapide et de maléfique. L'instant d'après, j'entendis un grondement suivi d'un crissement de freins.

Je sentis que mes pieds ne touchaient plus le sol. Un courant d'air agréablement froid me frôla. L'asphalte lointain se déroba doucement sous mon corps. Avant de glisser vers moi. Puis ce fut le néant.

XI

J'avais une chambre individuelle. Cela avait été difficile à obtenir et coûtait une fortune, mais j'étais célèbre et Wellroth dévoué. Le lit situé à côté du mien resta donc vide et je pouvais dormir la nuit sans être dérangé par les souffrances d'autrui.

Une fracture complexe de la jambe, une fracture simple du bras, une commotion cérébrale de gravité moyenne. J'avais eu de la chance. C'est ce qu'ils disaient tous : Wellroth, les médecins, le médecin-chef et même un professeur auréolé d'un respect mystique qui penchait son visage au-dessus de mon lit quelques minutes par jour. Ma jambe reposait dans un plâtre épais fixé à une armature métallique ; mon bras gauche était plâtré lui aussi et mon cou enchâssé dans une minerve dure comme du fer.

“Etre percuté de front par une voiture, avait dit le professeur, et s'en tirer avec… vous pouvez remercier le Ciel !”

Au début, je n'avais pas été capable – une conséquence de la commotion cérébrale – de me rappeler clairement qui j'étais, ni où ni pourquoi. Puis tout cela s'était remis en place, malheureusement ! J'étais à nouveau Beerholm, j'avais passé la nuit la plus atroce qui soit, j'étais prestidigitateur, je me trouvais à l'hôpital. Mais c'est en vain que je tentai de reconstituer la nuit de mon accident. J'avais deviné un nombre, je m'étais perdu, une vitrine s'était brisée, un buisson avait pris feu ; quel était le lien entre tous ces éléments ?

"C'est normal, dit le médecin-chef, que vous ne vous en souveniez plus. Un trou de mémoire.

— Mais il faut que je me souvienne", dis-je. Et je classai donc dans cet ordre les rares images fiévreuses dont ma mémoire avait gardé la trace. Un spectacle de magie dans lequel j'étais simple spectateur et non pas l'exécutant. Je sentais qu'il s'était produit quelque chose d'irrévocable. Ainsi prit forme la nuit la plus atroce de ma vie. Mais alors, t'entends-je demander, ce n'est pas vrai, ce que tu as raconté ? Non, ce n'est pas vrai. Tu n'as toujours pas compris que je suis un imposteur ? Sois néanmoins rassurée, c'est vrai en un sens. J'avais vécu plusieurs heures de perplexité, assisté à quelque chose de grandiose et d'effrayant que j'avais rejeté, j'avais eu un accident, rien ne serait plus comme avant. Tout cela, c'est la vérité. Le reste n'est que décor, fantasme et cauchemar entremêlés. La tentative, en quelque sorte, de revêtir mon échec d'un éclat démoniaque. Tu y as vraiment cru ? Voilà qui m'honore. Peut-être suis-je malgré tout un magicien. J'aurais bien aimé l'être, au moins pour quelques heures, pour une nuit.

Ma tournée était interrompue et Wellroth en proie à un sombre désespoir. Le manque à gagner était considérable, les gros titres défavorables. Selon la thèse dominante, étayée par des sources anonymes venant de l'hôpital – l'une des gentilles infirmières faisait donc de l'espionnage –, j'étais sous l'emprise de l'alcool et avais couru à ma perte en zigzaguant à travers les brumes de l'ivresse. D'autres croyaient que j'avais consommé de mystérieuses drogues exotiques, d'autres encore firent charitablement allusion à ma santé mentale. Le fait qu'une simple voiture ait pu me blesser provoqua une vague de soulagement mesquin.

Dès que j'eus retrouvé les vestiges de mon passé, je tournai toute mon attention vers la fenêtre, cette vitre froide et lointaine qui me séparait d'une ville qui m'était toujours étrangère. – La vitre demeura intacte. Pas de fissure, pas la moindre fente malgré mes injonctions formulées à plusieurs reprises et même à voix haute. Le gobelet sur la table, le matériel médical, la lampe au plafond gardaient un calme mêlé d'indifférence ; aucun d'eux ne se souciait de moi. Quant aux pensées des médecins et des infirmières, elles me restèrent aussi inaccessibles qu'énigmatiques, et aucun d'eux n'exécuta les consignes que je leur adressais mentalement. Quoi que ce fût : c'était terminé. Et ne reviendrait plus.

Si tant est que cela eût jamais existé. Je ne le saurais jamais. Wellroth avait consulté à ma demande un plan de la ville : elle comptait quatre-vingt-sept parcs de superficie moyenne à minuscule. Et même si j'avais retrouvé le bon, y serais-je retourné pour autant ? Je te jure que j'ignore ce qui m'aurait le plus horrifié : trouver une tache de suie noire ou bien un buisson verdoyant et ne se doutant de rien.

J'eus bientôt l'autorisation de me lever et d'arpenter d'un pas raide et sur trois jambes (une à moi, deux béquilles) les couloirs métalliques de l'hôpital. On enleva la coquille blanche de ma main et miracle ! les os étaient de nouveau intacts ; je pouvais saisir des objets et les palper. La minerve disparut ; je pus à nouveau bouger la tête. Et on finit même par délivrer mon pied de la lourde botte qu'il m'était impossible de retirer seul. La carapace dont m'avait affublé la science tomba en morceaux. J'étais libre.

"Le plus important, dit Wellroth, c'est de reprendre la tournée. Et aussi vite que possible !"

C'est ainsi que je quittai l'hôpital pour me rendre directement, sans période de convalescence ni délai quelconque, dans une petite ville obscure où j'étais attendu. Mes trois assistants secrets – ils ne m'avaient pas rendu visite à l'hôpital, je le leur avais interdit ; ils ne devaient jamais se montrer – me rejoignirent et le travail reprit. Nous voyagions en train. J'étais assis à la fenêtre et regardais des collines étincelantes et ornées de ruines défiler sous mes yeux – elles le font toujours et pour tout le monde ; ce genre de beauté manque en un sens de caractère –, tout en me demandant pourquoi tu refusais de répondre à mes lettres.

Le lendemain soir j'avais une représentation. Ils applaudirent avec enthousiasme, bien sûr. Ils l'avaient toujours fait et le feraient toujours, le problème n'était pas là.

Le jour suivant, j'étais dans le train et lisais le journal. Une guerre s'était terminée, une autre commençait. On avait fusillé un dictateur et on en avait engendré d'autres pour l'avenir. La moitié de la planète essayait de détruire Israël ; elle le faisait déjà depuis la nuit des temps. Un grand groupe industriel avait fait faillite, deux justes avaient été assassinés. Un avion s'était écrasé.

Il avait pris feu, sans qu'on sache pourquoi. Puis, telle une boule de feu qui titube gaiement, il s'était abîmé en mer, dans le Pacifique bleu, à l'endroit le plus profond. Les passagers d'un paquebot de croisière étaient restés au bastingage, munis de jumelles, bouche bée, saisis de joie et d'effroi. Des flammes avaient dansé à la surface de l'eau pendant plusieurs minutes.

Je bâillai et m'allumai une cigarette. Wellroth, assis en face de moi, toussa d'un air réprobateur mais n'osa pas se plaindre. J'inhalai la chaude fumée âcre avec un vague dégoût. Et poursuivis ma lecture.

Beaucoup de victimes. Peterson, le célèbre analyste économique. Elsa Roob, l'actrice. Hans Burg, journaliste. Deux généraux. Jan Van Rode, le prestidigitateur. Jonathan Moss, un peintre. Roderick Gwabuto, combattant nigérien pour la liberté. Philipp d'Arton, un météorologue. Et bien d'autres.

Je lus toute la liste. Lorsque j'eus fini, je recommençai au début. Je la lus avec une attention désespérée. Comme si ces noms formaient un commentaire secret et lourd de sens, comme s'ils dissimulaient une énigme qu'il fallait résoudre pour en sauver un et un seul. Mais s'ils cachaient quelque chose, je ne le trouvai pas. J'interrompis ma lecture et m'attendis à des larmes ou à une réaction similaire. Mais rien ne se passa. Dans les méandres de ma mémoire se dessinaient les contours d'une fenêtre, d'un jardin, d'une marionnette déformée. La vitre épaisse et glaciale. Le ciel nuageux. Le grondement lointain du tonnerre.

Gerda était morte, elle aussi. Ils étaient en train de faire le tour du monde, un tour du monde offert par moi, mon cadeau. Des places en première classe. Du champagne, des sièges moelleux. – Etait-ce allé vite ? Ou avaient-ils eu le temps de voir le feu ramper vers eux ? Prisonniers d'une capsule en acier entre ciel et terre – non, entre ciel et mer. Avaient-ils senti l'appareil pencher et hésiter brièvement, comme alangui et léger l'espace d'un instant, avant de se précipiter résolument et à vitesse croissante vers l'abîme, dont le fond n'était pas encore atteint lorsqu'il toucha la surface lisse de l'eau ? Oh, de loin pas ! On s'imagine volontiers l'océan de couleur bleue, sillonné de poissons multicolores et de rayons chatoyants, mais c'est une erreur. En réalité, il est noir. D'un noir total et absolu ; aucune nuit, fût-ce sous un ciel sans lune, ne pourrait être aussi obscure. Espérons qu'ils étaient alors déjà morts. Que nul ne vive un tel voyage à l'état conscient ! Combien de temps faut-il à la carlingue d'un avion pour atteindre le fond de la mer ? Longtemps, sans doute. Personne ne s'est jamais retrouvé là en bas, ou plutôt, personne n'en est jamais revenu. Il arrive lors de journées crépusculaires que des tentacules recouverts de ventouses dentelées soient rejetés sur le rivage, certains mesurant seize mètres de long. A part cela, nous ne savons rien. Dans les profondeurs vit un monde opaque, peuplé de créatures primitives gigantesques et dignes d'un cauchemar. Là demeurait à présent Jan Van Rode, et personne n'avait le pouvoir de le libérer, de le ramener à la surface.

Mais n'envisageons pas le pire ! Espérons qu'ils ne furent pas contraints de vivre la chute, l'impact et la descente interminable. Que la première explosion emporta leurs deux vies fragiles, que la boule de feu embrasée les étreignit là-haut encore, sans doute même avant qu'ils ne s'en rendent compte. Peut-être la mort fut-elle chez eux plus brève que la douleur. Si je le savais, je serais rassuré.

Je passai les deux jours suivants dans ma chambre d'hôtel. Je faisais les cent pas, réfléchissais, écoutais de la musique criarde à la radio, restais debout à la fenêtre, prenais des notes, les détruisais, tentais de pleurer, de prier. J'inventai au passage les deux tours de cartes les plus ingénieux qui furent jamais conçus ; je les couchai avec soin sur le papier avant de déchirer les feuilles en morceaux minuscules que je fis brûler dans le cendrier.

Je continuais à voyager, donnais des représentations, m'inclinais, reprenais la tournée. Derrière des vitres de train toujours identiques défilaient des paysages toujours similaires. Je signais des autographes et partout m'attendaient les bouches à feu des appareils photo dans les rafales des flashes. Soir après soir je me tenais devant le rideau noir, plissais les yeux face aux projecteurs et exécutais les mêmes pas, les mêmes gestes. Sous mes mains se produisaient les mêmes merveilles calculées d'avance ; et de la masse sombre du public s'élevaient les mêmes cris de surprise.

"Demain, dit Wellroth, la télévision sera là, une retransmission nationale ! Après vous pourrez prendre des vacances. Du repos. Lever le pied."

Mais ce fut une mauvaise journée. Je le sus dès le matin, au réveil, à la vue des premiers rayons blafards. Je t'appelai, personne ne décrocha. Peut-être fallait-il charger un détective de te retrouver. Du courrier : Kinsly, le chef de la Brotherhood of Magicians, sollicitait mon autorisation pour utiliser mon image à des fins publicitaires et le *Who's Who* me demandait de compléter mes données personnelles : qui était – ou est – votre père, s'il vous plaît ? Cher Kinsly, écrivis-je, l'homme n'est pas propriétaire de son apparence, et encore moins du reflet de celle-ci sur un papier au chlorure d'argent. Faites donc comme il vous plaira. Sincères salutations, bien à vous... Et pour le *Who's Who* : J'ai été adopté par un certain Beerholm et sa généreuse épouse qui prirent soin de moi et m'aimèrent. Ma vraie mère ne change rien à l'affaire, d'autant que je ne vois dans le lien biologique douteux qui nous unit aucun événement significatif, rien qui me semble ou devrait me sembler important. Je n'ai pas de père, je n'en ai pas eu, jamais, ni physique ni spirituel. Si cela vous pose problème, ne l'imprimez pas. Cordialement vôtre…

Je me changeai. Un simple costume, une veste sombre, comme toujours. Deux heures plus tard, j'étais prêt. Wellroth vint me chercher, tout était en place, mes assistants portaient leur tenue de camouflage noire, les gens bavardaient en flânant d'un pas nonchalant dans la salle.

Lumière, applaudissements, rideau noir. L'ombre d'une caméra traversa l'espace horizontalement. Je m'inclinai brièvement. Et commençai.

As-tu déjà été contrainte, pour une raison quelconque, de regarder plusieurs fois d'affilée un film, à vrai dire excellent, datant de la glorieuse époque du noir et blanc ? Tu connais alors sans doute ce moment où l'ennui vire soudain et contre toute attente au dégoût pur et simple, à ce sentiment insupportable que ces gens font et disent à nouveau la même chose et que l'on sait d'avance ce qui va se passer. Imagine la scène comme un pâle reflet de ce que j'éprouvai en cet instant. Mais qu'est-ce que je fabriquais ici ?

Je continuai malgré tout. Je serrai les dents et forçai mon corps fatigué et mon esprit récalcitrant à l'obéissance. Des flammes jaillirent, des objets apparurent et disparurent ; des applaudissements s'élevèrent, des cris de surprise, d'enthousiasme. Dieu que ces bruits me tapaient sur les nerfs ! Ne savaient-ils donc pas que je leur mentais ?

Je tendis au-dessus de ma tête un paquet de grandes cartes à jouer aux reflets verdâtres déployées en éventail, et j'eus cette sensation familière de nombreux regards se posant sur ma main. J'esquissai alors un geste furtif de l'autre main, à la suite duquel les cartes se dégageraient pour voleter fébrilement autour de moi, tels des insectes – et c'est là que tout disparut. Une obscurité épaisse et froide, presque agréable, m'enveloppa. Je ne vis plus rien, n'entendis plus rien.

Cela n'a pas pu durer très longtemps. Mais le temps connaît des abîmes : j'avais l'impression d'avoir beaucoup dormi, au milieu de rêves vains et tristes. Ma main était toujours levée. Mais elle ne tenait plus toutes les cartes ; quelques-unes gisaient par terre – et l'une d'elles était en train de flotter lentement, très lentement devant mon visage, elle fut saisie par un courant d'air, tomba du rebord de la scène, disparut dans les ténèbres. Un murmure parcourut la salle. "Vous vous sentez mal ?" chuchota une voix. Ce n'était pas un esprit mais Paul, mon assistant. Je ramenai la main vers moi et lâchai les cartes ; elles tombèrent avec fracas sur le sol. Le murmure se fit plus fort, plus agité. Je me frottai les yeux. Tout me semblait très irréel, y compris moi, presque comme si j'étais l'invention d'un autre. Qu'est-ce que je faisais ici ? Je n'étais pas un magicien, je ne l'étais plus. J'étais devenu un comédien, un acteur, un stupide artiste de variétés. Merlin était loin, enfermé dans la roche épaisse, il était mort, inaccessible. La magie n'existait pas, seules existaient de sottes lois de la nature. J'avais échoué. Je n'avais plus aucune raison d'être là. C'est pourquoi je me retournai et partis.

L'un de mes assistants, une ombre, presque invisible, était sur mon chemin, je l'écartai. Pendant un moment, j'entendis encore le silence horrifié, puis le rideau se referma derrière moi ; j'étais dehors. Deux techniciens me dévisageaient ; derrière eux se tenait Wellroth, bouche bée, un masque représentant l'étonnement absolu. Une porte : je me dirigeai vers elle, l'ouvris, la franchis. Un petit vestibule poussiéreux, une deuxième porte. Je l'ouvris, sortis et me retrouvai dans la rue.

C'était donc aussi simple que cela ! Jamais je n'aurais cru qu'il était possible de quitter ainsi la scène. Un taxi blanc passa devant moi, je levai la main, il s'arrêta. Le chauffeur frotta son nez en patate et me scruta.

"N'êtes-vous pas… ?

— Si, dis-je, mais ne vous en préoccupez pas. Roulez, s'il vous plaît ! Conduisez-moi au meilleur hôtel que vous connaissiez !"

Nous roulâmes. C'était une nuit dégagée ; la lune flottait, claire, dans le ciel noir, entourée d'un mince cercle de poussière brillante. Des affiches publicitaires étincelaient : *Maymart – pour l'homme. Une bière, sinon rien.* Au-dessus scintillait, tel un signal envoyé par quelqu'un à quelqu'un d'autre, l'étoile du berger.

"Vous auriez une vue magnifique depuis la tour de télévision, dit le chauffeur. La ville illuminée. C'est très beau, je vous assure."

Je ne répondis pas, il se tut, vexé. Il m'arrêta peu après devant une large entrée encadrée de dorures et flanquée de deux hommes en uniforme. Je payai, descendis, entrai. Un homme en costume sombre s'avança vers moi et m'adressa un sourire entendu.

"Une chambre ! dis-je. Et faites en sorte que je ne sois pas dérangé. Cela paraît simple mais ce ne le sera pas.

— Je sais, dit-il. J'ai suivi la retransmission à la télévision, jusqu'à… l'interruption. Il y a eu une coupure. Ne vous inquiétez pas."

La chambre était accueillante, claire, infiniment propre et agréable. Et le lit était très moelleux. Je m'allongeai et fermai les yeux. Dehors, au-delà de mon luxueux refuge, régnaient probablement une certaine agitation mêlée à des cris, et une grande confusion. Mais en quoi cela me concernait-il ?

Pour la première fois de ma vie, je sus ce que j'avais à faire. Ce serait peut-être difficile, cela me ferait sans doute peur… mais pas maintenant. Pas aujourd'hui. En cet instant tout était apaisé, tout était surmonté. Je crois que jamais un homme ne s'est décidé à mourir avec autant de calme et de sérénité. Je ne pensai même pas à toi. J'étais gai et presque heureux.

XII

Nous y voilà. Le dernier chapitre. Phrase après phrase, mot après mot, lettre après lettre, je suis allé à sa rencontre d'un pas lent mais régulier de pèlerin. Je suis de nouveau, ou plus exactement je suis encore, là où je me trouvais quand je rédigeais le premier paragraphe : sur la tour de télévision. Dans un café à ciel ouvert. Les tables sont presque toutes occupées, autour de moi planent les bavardages et le cliquetis des tasses. Des promeneurs, des touristes, des gens munis d'appareils photo, une ou deux familles nombreuses. Dominant la foule, des serveurs chargés de plateaux se faufilent tête baissée, limonades et gâteaux en main, au milieu des gens attablés. Tout cela à deux fois cent mètres au-dessus de notre vieille terre. Un spectacle étrange.

Mais on s'y fait. Le problème majeur des conteurs du Ciel et de l'Enfer est qu'à la longue l'homme s'habitue à tout, à la pire violence comme à la joie la plus vive, toutes deux s'estompant au fil du temps. La peur aussi. Je viens ici chaque jour depuis un mois. Je m'installe toujours à cette table, à l'extrémité de la terrasse panoramique, juste à côté de la rambarde, tout près de l'abîme. Ce fut difficile au début. Je n'arrivais pas à regarder en bas, et les vagues d'angoisse et de peur m'assaillaient comme un léger accès de fièvre.

A ma grande surprise, on ne n'importunait guère. Je sentais parfois des regards furtifs et curieux, des gens me demandaient de temps à autre un autographe, mais c'était tout. Il semble qu'on commence à m'oublier. Mon image a déjà pâli dans la conscience collective ; le fait que j'existe encore en chair et en os est un pur hasard, une simple erreur. A laquelle il est facile de remédier.

C'est ainsi, en m'accoutumant progressivement à l'altitude et au vide, que je me mis à écrire. Cette longue rétrospective embrouillée de ma courte existence chaotique. Elle aussi est entachée par ma profession. Elle s'est transformée presque contre mon gré en un petit spectacle ; j'y ai inséré des effets, des fondus enchaînés, des jeux de lumière trompeurs. Or, un jour ou l'autre, les reflets, les doubles fonds et la mascarade ne seront plus de mise. Et ce moment n'est plus très loin. Nous autres illusionnistes craignons d'affronter la vérité mais nous ne pouvons lui échapper.

Et je terminerai ainsi. Je classe le dossier ; un jour lointain, il sera réexaminé par quelqu'un de plus haut placé. Une révérence, pas d'applaudissements, le rideau tombe. Point final !

Non, pas encore. Il reste quelques petites choses à ajouter. La fin du dernier acte, les phrases ultimes, la sortie. Bref, après un long et doux sommeil, apaisant comme un sommeil d'enfant, je me réveillai. Mon oreiller était maculé de maquillage marron. Je m'assis et me regardai attentivement dans un miroir accroché au mur : mon visage était chiffonné et comme liquéfié. Je me levai, allai à la salle de bains et enlevai mon fond de teint.

Je commençai par faire venir Wellroth et mes trois assistants. Ils vinrent. Wellroth n'avait pas l'air en forme : son visage était tacheté de rouge, ses verres de lunettes ternis.

“Vous savez que nous sommes fichus ? demanda Wellroth à voix basse.

— Je sais, dis-je, et j’en suis désolé. Vraiment. Je vous remercie pour tout ce que vous avez fait. Votre travail fut mal investi mais vous n’y êtes pour rien. Vous n’avez pas eu la tâche facile, et vous méritez un meilleur client que moi. Si vous n’avez rien contre, je vais maintenant vous serrer dans mes bras.”

Il acquiesça, surpris, et je m’exécutai. C’était plutôt désagréable, d’autant qu’il sentait la lotion capillaire bon marché. Une fois cette épreuve surmontée, je me tournai vers les trois autres.

“Paul, Joseph, Gina !” commençai-je. (Etaient-ce leurs vrais prénoms ? C’étaient leurs vrais prénoms ; j’avais vérifié.) “Un certain nombre de choses étonnantes n’auraient pas été possibles sans vous. Vous avez presque toujours bien fait ce que vous aviez à faire. Si l’un de vous a l’intention de rester dans ce métier, il ira loin, vous étiez mes élèves, après tout.”

Je me raclai la gorge et pris une grande inspiration. “Vous êtes dégagés de vos chaînes, je n’ai plus besoin de vous. Je vous rends votre liberté. Allez !”

Cela les impressionna. Gina fixait le sol, Paul (ou bien était-ce Joseph ?) était blême, Joseph (ou était-ce Paul ?) se mit à sangloter tout bas. Je me dirigeai vers lui d’un pas lent et aussi solennel que possible, et je lui tendis la main. Il la saisit et la secoua en silence. Après quoi je leur remis trois gros chèques et ils s’en allèrent d’un air gêné.

“J’ai encore besoin de vous, dis-je à Wellroth. Une dernière fois. Vous devez rédiger pour moi une déclaration à la presse. Expliquer que je ne monterai plus jamais sur scène.

— Puis-je au moins vous demander pourquoi ? N’avez-vous pas obtenu précisément ce que vous vouliez ?

— J'ai failli devenir prêtre un jour, vous le savez ? Puis j'ai voulu être magicien, pour des raisons similaires. Mais la situation m'a échappé. Je pourrais sans doute encore faire des shows télévisés et toutes sortes de tours avec des lapins, des colombes et des hauts-de-forme. Mais je ne veux pas. Vous comprenez ?

— Non.

— Dans ce cas, je vais formuler cela autrement. Me considérez-vous comme un artiste ?"

Il hésita un moment avant d'acquiescer.

"Bien, on dit que les artistes sont dans la nécessité de faire ce qu'ils font. Ils sont enchaînés à leur art, ils ne peuvent s'en empêcher et il leur est impossible de s'arrêter. Exact ?

— Oui, dit-il plein d'espoir, c'est tout à fait exact !

— Non, c'est faux. Je peux m'arrêter. Rien ne m'oblige à continuer. Je peux parfaitement abandonner."

Au cours des jours suivants, mon nom et mon visage circulèrent encore une fois, une dernière fois, dans la presse. Mais, peu après, je pus à nouveau sortir de chez moi. On avait accepté mon effacement, mon anonymat, ma présence presque imperceptible parmi les vivants. Dans la rue, des regards curieux et dubitatifs me frôlaient encore mais c'était de plus en plus rare.

Mon appartement m'attendait, blanc et lumineux. Sur le répondeur se trouvaient une bonne vingtaine de messages ; je n'en écoutai aucun. Derrière la fenêtre scintillait la tour de télévision.

Pourquoi l'avoir choisie ? Qu'est-ce que j'en sais, elle se trouvait là, c'est tout. Animée d'une volonté sereine, elle avait déjà dominé une grande partie de mon existence. Elle s'élevait, froide et argentée, dans le ciel, étincelante comme une lame d'acier.

Et elle comportait, paraît-il, une terrasse. Celle-ci avait forcément un rebord et la rambarde n'était probablement pas très haute. Je levai les yeux vers la tour avec un mélange d'attirance et d'effroi. Puis je me mis en route.

C'est un itinéraire que je pourrais faire désormais les yeux fermés ; j'en connais chaque virage, chaque croisement, chaque marche. Je l'ai effectué quotidiennement, au fil d'un mois de mai à la floraison luxuriante et lumineuse. Toujours à pied, toujours avec mon porte-documents noir sous le bras. Le liftier me connaît à présent, il me salue tous les matins avec une petite moue indifférente. Les serveurs aussi me connaissent. Ils réservent ma table, donnent la priorité à mes commandes et accompagnent mon arrivée et mon départ de révérences souriantes. Devinent-ils la raison de ma présence ici ? Ils voient en tout cas que j'écris ; mais on peut écrire n'importe où, même eux doivent le savoir. Personne à part moi ne vient ici tous les jours ; ils doivent certainement s'en étonner… Mais non, ils ne savent rien. Ils ne s'en doutent même pas. Ce n'est pas possible ni souhaitable. S'ils avaient ne serait-ce que l'ombre d'un doute, cela les empêcherait à coup sûr de dormir et emplirait leurs nuits de terreur. Ils ne pourraient pas réserver ma table, ni sourire !

C'est donc ainsi que j'écrivis. Et si mon récit a atteint une telle longueur et la pile de papier à lignes bleues, gribouillé de noir et souillé de taches brunes de café, cette hauteur absurde, c'est sans doute tout simplement parce que chaque page m'accordait encore quelques minutes, chaque chapitre encore quelques jours. Aucun homme n'est réellement fort jusqu'au plus profond de lui-même. Pourquoi devrais-je, moi précisément, ne pas tenir à la vie ? Elle est si sublime, si merveilleuse. Elle comporte un ciel immense et de hauts nuages marbrés, le soleil, la lune et cette terre remplie d'hommes là en bas. J'aimerais tant rester. Il y aurait beaucoup à faire, même si c'est insignifiant, et même si je ne faisais rien, je serais là malgré tout et je pourrais voir, écouter, respirer, manger... Mais ce ne sont là que des illusions. Je n'aurai pas vécu longtemps, ce manuscrit ne peut donc pas s'allonger indéfiniment lui non plus ; il est trop court pour me porter jusqu'aux jours de la vieillesse paisible et de la mort douce. Il se rapproche maintenant de sa conclusion ; je suis assis ici, penché en avant, une tasse de café à côté de moi et j'écris sur le fait que je suis assis ici, penché en avant, à côté d'une tasse de café. Je me suis rejoint. Je ne vois plus sur ces pages que le présent dans son étroitesse et sa verticalité. Il ne reste plus rien à dire. C'est la fin.

Je regarde autour de moi. La surface étincelante des tables dégagées, des gens qui murmurent et mâchonnent. Sous moi, la ville. Des maisons de poupée et des usines provenant d'un jeu de construction, des cheminées joliment ornées de nuages de fumée. La lumière laisse courir ses reflets sur une rivière. Des voitures lancent des éclairs vers moi. Une clarté intense à perte de vue.

Et partout là-haut, cette voûte bleu clair et continue. Aux extrémités, là où la coupole repose sur les collines, la couleur tire sur le blanc. On ne la distingue pas bien ; la distance se dissout en lumière. Le plus souvent défilent ici des nuages qui se déchirent, se recourbent, se tordent, se désagrègent et se recomposent, chassés par des tempêtes invisibles. Mais pas en ce moment. Où que l'on porte le regard, tout n'est que pure transparence. Rien ne vient obscurcir le ciel. Le soleil est très grand aujourd'hui.

Il m'est encore plus difficile et douloureux de le regarder que d'habitude. Ou bien n'est-ce qu'une impression parce que c'est le dernier pour moi ? Le dernier parmi les quelque dix mille soleils qui ont voyagé au-dessus de ma tête. Peut-être est-ce de nouveau lui, l'immense soleil incandescent de mes premiers souvenirs ? Non, ce n'est pas lui. Bien sûr que non. Ce n'est qu'un pauvre soleil contemporain, mon soleil d'adieu. Le ciel ressemble à un rideau. Va-t-il se séparer en deux... ? Mais non, on sait bien que ce n'est qu'une illusion. Tout ce bleu clair, ces fines nervures, cet éclat. Là-derrière se cachent la nuit et l'espace infini, et de temps à autre une étoile solitaire. Il n'y a rien de plus. Rien.

Et l'espace. Cette étendue étrangement dépourvue de mystère. Chaque point là-haut, où qu'il soit et si loin qu'il puisse être, se trouve sur une ligne droite dont je suis le point de départ. Une couronne de rayons de nature mathématique part de moi, traverse l'horizon et s'étend jusqu'à une infinité inimaginable. Des courbes innombrables glissent à travers le vide et se dirigent par un mouvement de torsion vers des lignes droites qu'elles n'atteignent jamais. Etrange omniprésence de la géométrie. Mais si, en fin de compte, rien ne s'y dissimule ? S'il n'y avait rien à déchiffrer en elle ? Non, ce ne peut pas être un jeu vain ! Un réseau de nombres soutient le monde ainsi que ce soleil, cette ville, ce ciel. La magie et les mathématiques : elles se côtoient en tout lieu. Ce sera mon dernier mot.

Quelques-uns encore. Je finis par devenir ce que je fus rarement : bavard. En ce moment, j'aspire même à entendre du bruit. Toutes sortes de bruits. Je m'aperçois seulement maintenant que le silence, de quelque nature qu'il soit, repose toujours sur quelque chose d'inhumain. Je sens déjà mon pouls battre plus vite, ma respiration devenir plus profonde et plus bruyante. Une banale excitation, la peur de l'examen, le trac. Notre réserve de sentiments n'est pas très grande ; nous devons sans cesse nous servir des mêmes. Si j'ai peur ? Presque pas, étonnamment. Ce qui va se passer est trop inédit, trop inconcevable, trop inconnu et stimulant pour que je ressente de la peur.

Et que va-t-il se passer ? Tout simplement ceci : une fois que j'aurai écrit la dernière phrase, le dernier mot et mis le dernier point, je reboucherai mon stylo bille et je le poserai. Puis je me lèverai d'un mouvement leste.

La rambarde n'est pas haute ; elle ne représente pas un obstacle sérieux. Rapidement mais sans précipitation, de façon parfaitement naturelle, je monterai sur ma chaise (la première marche), puis sur la table (la deuxième). Quelques regards se tourneront vers moi, étonnés pour la plupart, amusés pour certains, et deux ou trois exprimant l'effroi glacial qui accompagne la compréhension. Peut-être quelqu'un va-t-il se lever d'un bond. Mais rassieds-toi donc, héros, et ne te donne pas cette peine ; ce sera trop tard. Car le pas suivant, plus petit que les deux autres, me conduira à la troisième marche, le rebord de la rambarde. Cela pourrait être le pas le plus difficile : j'ai longtemps craint de ne pas y arriver. Mais c'est passé : je sais désormais qu'il sera facile. Une fois que je serai debout sur la table, l'abîme se déroulera devant moi, sous moi, dans une nouvelle perspective. Mon cœur battra la chamade, mes poumons se contracteront dans un élan de panique euphorique. Il faut dire que je la connais bien, cette sensation de vertige, ce vacillement intérieur face au gouffre. Pourquoi ai-je donc eu, ma vie durant, peur de l'altitude ? Sans doute parce que je me suis toujours senti attiré par les hauteurs. Quelque chose en moi a toujours voulu tomber. Lorsque je serai debout sur la table – les pieds entre le manuscrit, la tasse de café et le verre d'eau –, alors la vue du vide et la sensation de la pesanteur me tiraillant doucement me faciliteront le troisième pas. Ils me pousseront en avant. Et vers le haut.

La rambarde est en acier noir inoxydable, elle est massive mais pas large. Le quatrième pas ne dépendra plus de moi ; dès que je serai là-haut, ma pauvre volonté aura déjà accompli sa tâche et pris toutes les décisions à prendre. Je n'ai jamais eu un grand sens de l'équilibre ; je ne résisterai certainement pas longtemps, et sûrement pas jusqu'à ce que le premier sauveteur intrépide arrive à bout de souffle jusqu'à moi. Je me tiendrai droit, les bras écartés ; le vent palpera mes cheveux, le soleil mon visage, et l'air chaud tentera de m'aspirer et de tirer sur mes vêtements. Même si cela ne représente qu'un instant sur toutes les montres – il sera long pour moi. Je serai très, très attentif ; je ne voudrais en aucun cas le gâcher par distraction. Car ce sera peut-être le premier moment de transparence totale de ma vie.

Puis, tandis que derrière moi se rapprocheront des pas lourds et que s'élèveront les premiers cris étouffés et tardifs (comme cela me semble pesant et traînant tout à coup, comparé à l'incroyable légèreté qui s'étend devant moi ; et vous voulez m'atteindre ? me retenir ? Vous n'en avez jamais été capables, et encore moins maintenant), je sentirai la rambarde, l'étroite passerelle s'incliner doucement, tout doucement sous mes pieds. Je ne perdrai pas l'équilibre de façon soudaine et abrupte, comme une pomme arrachée de la branche par sa pourriture ou une brique se fracassant par terre. Je passerai insensiblement de la position verticale à la chute ; je verrai le sol – lointain et parsemé de maisons, de gens, de véhicules – basculer vers moi. Après quoi une vague de peur brûlante cinglera sans doute une dernière fois mon corps, mes mains s'agiteront toutes seules dans les airs, tels des papillons excités, pour retrouver l'équilibre ; mais ce sera peine perdue. Je pousserai probablement un cri bref, sonore et atroce. Tous les enfants et nombre d'adultes présents l'entendront encore dans leurs rêves au cours des années futures – si tant est qu'elles existent. Je le regrette vivement et j'aimerais pouvoir l'éviter. Mais l'esprit est faible et l'instinct, comme tout ce qui est vil, est puissant.

Puis ce sera terminé. Je sais parfaitement que, lorsque je ne sentirai plus la rambarde sous mes pieds, que je serai livré à la chute et à l'air libre, que je n'aurai plus aucun contact avec le sol, à ce moment-là je n'aurai plus peur. Je ressentirai du bonheur et une attente. Je volerai. Les bras tendus, le visage et le corps tournés vers la terre scintillante et lointaine. L'horizon sera proche. Le vent me portera.

Combien de temps ? C'est facile à déterminer. Le vieux phénomène énigmatique de la gravitation (personne ne sait réellement ce qui attire les masses les unes vers les autres) me tire vers le bas à une force constante d'environ 10 m/sec^2. C'est un peu moins en réalité mais je n'ai pas de calculatrice, et je n'ai pas besoin de le savoir très exactement. Je peux négliger les dixièmes de seconde. Les expériences de chute tendent à être imprécises lorsqu'elles sont réalisées par celui qui tombe. Si je me souviens bien, la formule permettant de calculer la distance parcourue pendant la chute est la suivante : $x = \frac{1}{2} gt^2$; la hauteur de ma terrasse panoramique, si l'on en croit ce qui est affiché sur le panneau rouge de l'entrée, est de 243 mètres, arrondissons à 250. Posons l'opération $250 = \frac{1}{2} 10t^2$. Ou encore : $t = \sqrt{50}$. Le résultat est à peu près sept. Sept, donc. Sept secondes. Vas-tu encore prétendre que les mathématiques et la vie sont étrangères l'une à l'autre ? Une fois que la rambarde m'aura lâché, ces sept secondes seront la seule chose qui me restera du monde et du temps, le temps infini. Je vais tomber pendant sept secondes.

Comment seront-elles ? Longues ou brèves ? Vais-je voir le sol foncer vers moi et sentir derrière moi la terrasse s'élancer dans le ciel élevé ? Sept secondes – je regarde ma montre et je laisse la trotteuse aligner sept petits bonds. Voilà, cette durée-là. Mais cela représente-t-il beaucoup de temps ? Et qu'en est-il pour celui qui tombe, dont les vêtements sont pris dans le crépitement de la tempête et dont la tête est vrillée par le tournoiement de la terre ? Je l'admets, même mon imagination pourtant exercée touche à ses limites. Je l'ignore. Il est possible que le temps se dilate pour me rattraper dans un univers intermédiaire déformé rappelant celui d'Einstein. Il est possible aussi que cela ne dure qu'un instant. Je sais simplement que je vais tomber, les bras écartés et les yeux écarquillés pour ne rien rater. Ainsi la physique, toujours égale à elle-même, me projettera dans l'air et la lumière. Le soleil m'aveuglera là encore. Mais ensuite ?

Je sais qu'à la fin se trouve la douleur. Elle est inévitable ; ne nous faisons pas d'illusions ! Une formidable claque d'asphalte bien ciblée va percuter mon corps ; en une seconde, chacun de mes os sera fracassé. Si je vais avoir mal ? Comment peux-tu poser cette question ; la douleur sera indicible, infinie, effroyable. Mais elle ne durera pas longtemps, n'est-ce pas ? La sotte formule de consolation d'Epicure, par laquelle on tente de calmer – en vain là aussi – les enfants avant la visite chez le dentiste. Elle ne durera pas longtemps mais sera suffisamment violente pour arracher en un instant et à tout jamais de mon esprit son enveloppe charnelle, sa matière ; quel choc cela doit représenter, quelle terreur inouïe et glaciale… ! Les choses sont ainsi : ce monde est séparé de l'autre par un mur de douleur. Il doit être escaladé ou abattu, il ne peut être contourné. Nous rencontrons notre corps dans la douleur et c'est dans la douleur, qu'elle soit brève et intense ou bien longue et lancinante, que nous nous séparons de lui. C'est la règle. Mais assez d'aphorismes.

Espérons donc que cela soit rapide mais pas trop atroce. Sept secondes des hauteurs à l'abîme, de la vie à la mort. Mais ce n'est là qu'une possibilité parmi les deux qui s'offrent à moi. Après tout, je ne suis pas suicidaire.

Cela te surprend, non ? Mais je ne le suis réellement pas. Je crois, chère et lointaine Viviane, à la damnation éternelle. Comment pourrais-je être assez fou pour me tuer ? Je me jette mais pas dans une mort certaine, pas dans une mort *certaine*. Je prends de très grands, trop grands risques, c'est vrai. C'est peut-être une bêtise, mais ce n'est pas un péché.

Car il est possible que je ne tombe pas. Est-il vraiment certain et convenu que mon chemin mène vers le bas – et non vers le haut ? Qui se soucie de la physique ? Sept secondes – quel professeur de collège nous a dicté cette formule ? Ne suis-je pas un magicien ? N'ai-je pas maîtrisé la matière, ne t'ai-je pas sortie des ténèbres, n'ai-je pas réussi à me faire obéir du feu ? Qui suis-je donc pour tomber !

Je n'ai jamais aimé le risque. Voilà pourquoi j'ai renoncé à la fonction suprême, voilà pourquoi, au cours d'une nuit bien précise, j'ai décliné l'offre grandiose et dangereuse de devenir un vrai magicien. Mais, maintenant, la situation a changé : je me jette dans le vide. Peut-être ma tentative hasardeuse est-elle suffisamment insolite pour ébranler et briser la structure de la voûte céleste, ses règles et ses lois. Sans risque, point de miracle : je vais sans doute tomber. Mais peut-être, peut-être, peut-être – combien de "peut-être" faut-il pour formuler l'impossibilité ? –, peut-être que non. Auquel cas je vais m'élever. Flotter. Sous les caresses du vent. La terre sera lointaine et immaculée, l'air immatériel me portera.

Ce sera donc une malchance si je meurs. Je me tiendrai devant la cour de justice, déconcerté, ridiculisé mais innocent. Quant à l'idée que les lois de la nature sont aveugles, que la physique n'a pas de porte de sortie pour le personnel, que la magie n'est pas possible, j'aurai bientôt – si tant est que les choses se passent ainsi – sept longues, courtes secondes à y consacrer. Ou pas. Je mets ma vie en jeu mais je ne la rejette pas. Je ne serais pas le premier à entrer par spéculation au royaume de Dieu, grâce à la réflexion, la ruse et la manipulation. Quoi qu'il en soit – d'ici quelques minutes, ou bien je serai le magicien que je voulais être, ou bien je ne serai plus.

Et ne pleure pas ! Je suis, c'est vrai, rempli d'une insidieuse satisfaction à l'idée qu'à la seconde de l'impact, où que tu sois, tu pousseras un cri et qu'un objet adéquat (peut-être un vase, peut-être une montre) s'échappera de tes mains pour se briser dans un éclat de rire. Ce sera le geste ultime, l'adieu de mon esprit, libéré des entraves de l'espace et de la matière, omniprésent un instant encore, bientôt plus nulle part. Mais tu ne devras pas pleurer pour autant ; ce serait mélodramatique et déplacé. Ma mort n'aura rien de tragique en soi ; regardée au grand jour, elle sera tout au plus ridicule. Toutes les morts qui ont entouré ma vie le furent. Etre frappée par la foudre en étendant le linge – qui n'aurait pas envie de sourire ? S'endormir à sa table de travail. L'explosion d'une capsule d'acier remplie de combustible, à des kilomètres au-dessus de l'océan. Ce n'est pas tragique. Tout aussi peu que la mort d'un prestidigitateur raté qui se jette d'une terrasse panoramique dans l'espoir insensé qu'il lui pousse des ailes.

Mais est-ce que je peux mourir ? Est-il concevable que je disparaisse ainsi du temps… ? Je n'ai toujours vu cet univers qu'enveloppé dans ma conscience ; comment puis-je m'en aller sans l'emporter avec moi ? Et même en supposant que tout ceci – montagnes, maisons, soleil (mais j'en doute) – continue d'exister par le biais et pour le bien d'autres hommes, ce ne seront pas les mêmes montagnes, les mêmes maisons le même soleil. Tout ce qui s'étale devant moi va disparaître avec moi. De même que l'obscurité descend sur le monde lorsque je ferme les yeux. Pour tous ces gens, ces familles dégustant des gâteaux autour de moi et tous les autres, une apocalypse silencieuse se prépare. La fin de mes jours sera la fin de tous les jours. Voilà donc à quoi ressemble le dernier : il est bleu, lumineux, sans nuage. Le soleil se traîne vers le zénith. Mais il ne l'atteindra pas.

Comment, dans ces conditions, pourrais-je mourir ? La mort encadre ma vie mais ne l'effleure pas, n'y pénètre pas. De même que la fin de ce récit ne fait pas partie du récit. Tant qu'il se poursuit, je vis ; et mon silence n'y a pas, ne peut y avoir sa place. La mort reste donc forcément elle aussi en dehors de l'existence. Il est possible que la grande vie indifférente continue sans savoir qu'elle aurait eu le devoir, par la loi et la raison, de disparaître avec moi. Si nous sommes aujourd'hui lundi (sommes-nous lundi ?) – où serai-je mardi ? Ne ris pas, je suis sérieux ! Je renonce formellement et expressément à toute forme d'immortalité qui n'inclut pas mardi prochain ! Mais j'ai confiance. Je vais mourir, et je ne peux pas mourir. Nous nous reverrons, Viviane, nous nous reverrons tous. Un quelconque mardi lointain.

Voilà, mon dernier saut de coupe. L'effet final, la fin de mon spectacle. Je me lève, m'incline, quitte la scène. Un voile d'humidité composé de brume et de larmes trouble ma vue. Juste maintenant ! Peu importe, notre temps est presque écoulé. Une petite abeille dorée se pose sur ma table, fait quelques pas hésitants, se redresse, s'envole. Il est bientôt midi. Et là-haut ? Le ciel est clair et déployé ; un avion étincelle, passe, semble s'arrêter. Il flotte un instant et il aura bientôt disparu. Scintillant, baignant dans l'éclat de midi et comme figé dans l'air lumineux.

OUVRAGE RÉALISÉ
PAR L'ATELIER GRAPHIQUE ACTES SUD
ACHEVÉ D'IMPRIMER SUR ROTO-PAGE
EN MARS 2010
PAR L'IMPRIMERIE FLOCH
À MAYENNE
POUR LE COMPTE DES ÉDITIONS
ACTES SUD
LE MÉJAN
PLACE NINA-BERBEROVA
13200 ARLES

DÉPÔT LÉGAL
1re ÉDITION : AVRIL 2010
N° impr. : 76111
(Imprimé en France)